Kに

# 一

一条《いちじょう》はこのところ、ひとつのヴィジョン(1)にとり憑《つ》かれている。

夢ではない。夜、ふとんに入り、眠りにつく前の数分間に見るヴィジョン。

あるいは、昼間、車窓《しゃそう》に一瞬《いっしゅん》、映《うつ》って消えるヴィジョン。

一輪《いちりん》の白い桔梗《ききょう》が燃えている

一条には、このヴィジョンの出所《でどころ》に心当たりがある。二十六年前、新宿《しんじゅく》三丁目の連れ込み宿で一夜《いちや》を過ごした女とのことだ。

女というより少女といって良い幼《おさな》さの残る「桔梗」は、Rという銀座《ぎんざ》七丁目のクラブにいた。

「桔梗」は源氏名《げんじな》(2)だろうか。本名なのか。もう、確かめるすべもない。

店名はRで始まるフランス語名詞だったようだが、今の一条には思い出せない。年をとるに従《したが》って、固有《こゆう》名詞が出てこなくなる。

本当にさまざまな記憶が、ポロポロとどこかに行ってしまった。どこにあるのか。今やどこにもないのか。俺の履歴《りれき》は。

消えかけているのか。俺の存在は。

だが、どこかに、記録されている気がするんだ。あの夜以来《よいらい》の俺が……。

そんな思いが頭をよぎると同時に、あのヴィジョンが見えるのかもしれない。

一輪の白い桔梗が燃えている

もう何年も銀座のあのあたりには行っていない。客が二十人も入れば一杯になりそうな小さな店だった。

ママとマスターは夫婦で、バーテンダーが一人、女は常時《じょうじ》二、三人いた。

桔梗は、一条の知る限り、その店の女で一番若かった。

「何かしてあげたくなるタイプでしょ。人気商売ですからね、こういう子をみつけてきますの」

ママは、はじめて一条に桔梗を紹介する際、肩に後ろから手を置き、桔梗の胸を広げるようにして言った。薄い肩だったが、胸のふくらみはあった。ピンクのチャイナドレスを着ていたのだ。

「似合うね、チャイナドレス」一条は言った。

「リンリンランランりゅうえん」(3)桔梗はそう小さく歌って、モンキーダンスのような手のふりをした。機械仕掛《じか》けの人形のようだった。

「一条さんはクルマ雑誌の編集長さんなのよ」ママは桔梗にそう言い、桔梗は頷《うなず》いた。

「そしてこちらは……」、ママが連れの男を紹介してほしいという目つきで一条を促《うなが》すと、

「クルマ屋さん。M社の広報の人。でも今日は接待《せったい》じゃないよ。ダチとして飲みにきただけ」と一条は答えた。

「ええ？　俺、接待だと思ってた。最新情報携《たずさ》えて来たんだから接待してよ」

連れのNは一条を軽くこづいた。

あの頃は雑誌を作るのにも接待費がふんだんに使えたのだ。一九八七年七月。バブル期だった。

バブル時には車がどんどん売れた。だから一条が編集長を務《つと》める車の情報誌も発行部数を伸ばした。

一条は編集者として「CAR《カー》モンド」編集部に入社し、当時の編集長に見込まれ、入社後七年目にして編集長を引き継《つ》いだ。

そもそもよく採用《さいよう》されたものだな、と一条は思う。

特に自己アピールなどしなかった。採用試験の定型である「なぜこの会社に応募したのか」という質問に答えた記憶もない。

「CARモンド」の愛読者だったわけでもなく、雑誌名の由来《ゆらい》も知らなかった。採用されたあと、先輩編集者に聞いたのだった。

「『モンド』は、フランス語の『世界』[4]であり、日本語の『問答《もんどう》』にも通じ……、フランス語ととると文法的にヘンだが、そういうことは気にしなくていいそうだ。響きが『アーモンド』と似てて、耳に残るだろ」

「CARモンド」編集部に入る前も、学術書《がくじゅつしょ》の出版社で編集者をしていたのだが、同じ編集者でも、仕事の性質はかなり違う。

車雑誌の編集者は、誌面《しめん》を作る作業と平行して、人との付き合いが多い。車メーカーの発表会、モーターショー、車に関するイベント出席の為の地方出張、海外取材もある。

とにかく常に「移動中《いどうちゅう》」の編集者という感じだ。ゲラ[5]のチェックを移動の新幹線の中で片付けることもよくあった。

忙しいが、充実感はあった。自分が何かに「乗って」いる感覚があった。

何かに乗りたかったのだ。ずっと、ずっと。

郷里《きょうり》の出雲《いずも》で神童《しんどう》とうたわれ、東大《とうだい》に合格、意気揚々《いきようよう》と上京してみたら、大学は紛争《ふんそう》でぐじゃぐじゃだった。

東大紛争とはなんだったのか、一条はいまも考えている。

あれは、医学部に端《たん》を発《はっ》した騒動だからな……と、一条がいた文学部の学生たちは、どこか傍観《ぼうかん》的だった。

しかし、傍観ではいられない。その場の一部だったのだから。

紛争のせいで入学直後から休講《きゅうこう》が続き、やる気をいっぺんにへし折られてしまったのである。歓声《かんせい》を上げてプールに飛び込んだら水が無かった、という感じ。

それでも俺は、東京大学文学部を卒業した、と一条は時々確認するように思う。

学歴ってなんだろうな、あやしいよな。

東大にもバカはいる。そして、社会に出てみてわかったことは、二流といわれている大学出でも、あるいは大卒でなくても、語学や事務処理能力、文章力などが優秀な人材はたくさんいるということだ。

まあそうだろう。どういう姿勢で勉強したかが問題なんだ。

俺はなんで東大に入ったのか……。

出雲の高校で一番だったから……東大に行けと周《まわ》りが期待したから……。

高校で一番になるのは、難しいことではなかった。

「とにかく教科書の内容を全部覚えろ」と、両親に毎日言い聞かされたのだ。

学期末にせよ、中間試験にせよ、高校内での試験に、教科書に載《の》っていないことは出ない。参考書などいらん、とにかく教科書を丸暗記するくらい読め、という父母の教えに従っただけだ。塾も予備校も行かなかった。

教科書をひたすら読み込めば、国立大学に入学することはできる。入ってからが問題なのだ。

地方出身者が東大に入るのは、東京の都市部に住んでいる高校生が東大生になるのとは全く意味が違う。自分だけの問題じゃないんだ。「郷里」を背負わにゃならん。この気持ちは、東京者《もの》には絶対にわからないだろう。

俺は出雲の親類縁者《しんるいえんじゃ》、高校の校長にまで万歳三唱《ばんざいさんしょう》されて東京の本郷《ほんごう》に送り出されてきたわけだが、はっきり言って、期待された量の一割も勉学なんかしなかった。

何してたんだろう……。学生運動のデモや集会にも、参加したことはしたが、積極性はなかった。

「映画みてたの」

桔梗の声で我《われ》にかえった。

連れのNが桔梗の身上《しんじょう》調査を始めていたのだった。桔梗は、カラコロと水割りを作りながらNと話をしていた。

銀座のホステスたちの「指の動き」には感心させられる。水割りを作るしぐさは、茶道《さどう》の「お手前《てまえ》」のようだ。爪はきれいに整えられ、マニキュアがつやつやと光っている。

桔梗は学生でもなく、会社勤《づと》めでもないと言った。それでNは、

「昼間、何やってるの？」とたずねたのだ。

「きょうはね、映画みてたの。新宿で」

「ひとりで？」

「うん」

桔梗はやわらかそうな白い指で、作った水割りのグラスを一条の前に置き、ちらりと一条の目をみた。右手の薬指と左手の人差し指に指輪をしている。

「何みたの」Nは、うまそうに水割りを飲みながら言った。

「『バージンブルース』」

「へえ、藤田敏八《ふじたとしや》監督の？　七十年代の映画じゃないか。ああいうの見るんだ」

「うん。秋吉久美子《あきよしくみこ》が好き。何度も見た映画だけど、新宿でやってること『ぴあ』に出てて、また見たくなっちゃった」

「ああ。秋吉久美子はいいよな。俺も独身の頃、お世話になったよ」

「知り合い？」

「いや、一方的にさ」

「本当にかわいい。『バージンブルース』のまみ(6)は、陸奥A子《むつえーこ》のマンガから抜け出てきたみたい」

「そのかわいさで、後半はあんなことをするんだからな。たまらん」Nはそう言いながら、早いピッチで水割りを飲む。

「そういえば、桔梗ちゃん、秋吉久美子に似てないかしら」

ママがクラッカーとクリームチーズを載せた皿を持って席にやってきた。

「似てない。桔梗、あんなフンワリおっぱいじゃないし」桔梗はママから皿を受け取ると、そう言ってクラッカーにクリームチーズを塗《ぬ》り始めた。

一条はこの店のつまみとして出てくる「クリームチーズクラッカー」が好きだ。

軽い塩味のクラッカーと、パイナップルや干しぶどうなどの果物《くだもの》を細かく切って混ぜ込んだクリームチーズ。小さな陶製《とうせい》の器《うつわ》に入っているそれを、ホステスたちがバターナイフでクラッカーの上に塗って、手渡し、あるいは口まで運んでくれたりするのである。

そのクリームチーズの塗り方が見事《みごと》なのだ。ほぼ正方形の小さなクラッカーの上に、低めの角錐状《かくすい》にクリームチーズを盛り上げる。ホステスたちの指によって、なだらかな雪山が生まれていく。

「はい」

桔梗がなめらかなクリームチーズの小山《こやま》を一条の前に差し出した。

「ありがとう」一条は受け取った。

「ママも桔梗ちゃんくらいの時、よく映画見たわ。銀座の並木座《なみきざ》とか……」ママは一条の座っていたソファー席の向かいのスツールに腰をおろした。ここのママはいつも和服姿《わふくすがた》である。

「いつの話？」

「えーっと、一九六八年……私が銀座で働きはじめた時ね」

「俺もその頃、銀座並木座通《かよ》ったよ。大学に入った年だ」一条はつぶやいた。

「こいつ、東大文学部出身なんだよ」Nが言った。

「秀才でいらっしゃるのね。でも大変だったでしょ。その頃の東大って」ママは言った。

「うん」一条はクリームチーズクラッカーをかじりながら頷いた。

「一条さんもヘルメットかぶって、ゲバ棒《ぼう》持って走ってらしたの？」

「いや、そういうのになじめなかった。でも大学は紛争で休講続きだろ。それで映画館に通ってたんだ」

「大学紛争っていうのがあってね、大変だったのよ」ママは桔梗に言った。桔梗は頷いた。


大変だった……。

だが、いつだって、誰だって大変なのだ。全共闘《ぜんきょうとう》世代(7)だけが特に大変だったわけではない。

一条の父は戦争で「大変だった」。

昭和十九年に十九歳で兵隊にとられたのだ。そして中国に送られて、なんの役にもたたず（彼にとっての戦争も、戦争にとっての彼も）、アメーバ赤痢《せきり》とマラリアにかかって、野戦《やせん》病院の隔離病棟《かくりびょうとう》で終戦《しゅうせん》を迎えた。あと一年遅く生まれていたら徴兵《ちょうへい》されなかったのに、というのが一条の父の口癖《くちぐせ》だった。

終戦から一年経《た》った昭和二十一年八月に、骨と皮だけになって、郷里の出雲に帰還《きかん》した息子を迎えた母である一条の祖母は、

大切に育てた息子をこんなにしやがって

という意味の言葉を天にむかって叫んだ。

断じて「敵国《てきこく》」に向けられた言葉ではない。ましてや息子を徴兵した日本国をののしったのでもない。

何かが、彼女を通して、流れ出たのだ。彼女の個人的意思を超《こ》えた何か。一条の祖母は何かを「代表」していた。

この話は、一条の一家だけではなく、近所一帯《いったい》の伝説のようになっていたから、一条には、何度も見た映画の一場面のようにこの映像の記憶が刻まれてい

る。

一条の祖母は、辛抱強《しんぼうづよ》く、控《ひか》えめで自己主張しない、おとなしい明治《めいじ》の女だった。誰かをののしるなどということは、全く想像できない静かな物腰《ものごし》、口調《くちょう》だった。

その祖母が、生涯に一度だけ、ののしりの言葉を発した。抑《おさ》えられなかった。それは、町中《まちじゅう》の伝説になるほどの「事件」だった。

ずっとおとなしくしていた女が爆発《ばくはつ》したらすごいんだ……。

二

「桔梗ちゃんっていくつなの」Nが聞いた。

「にじゅうさん」桔梗は、クリームチーズクラッカーをNの口の前まで運んで言った。「はい、アーン」

「アーン」

Nは素直《すなお》に口をあけ、桔梗の指からクラッカーを口に入れてもらい、自分の指を添えて口の中に入れ、もぐもぐとかみしめ、水割りを流し込んで飲み込むと言った。

「本当？　十八くらいに見えるよ」

「うちは十九以下の子は雇《やと》わないわ。お酒飲む仕事だもの」ママが夜会巻《やかいま》きにした頭のほつれ毛を指で押さえながら言った。

「あ、飲めば？　ママも桔梗ちゃんも」気がついたようにNが言う。

「水割りでいいの？　それかビールとか？」

「私は水割り頂くわ。薄いの」ママは桔梗に言い、桔梗は頷いて水割りを作り始めた。

「でも桔梗ちゃんは『桔梗オリジナル』を頂きなさい」

「へえ、オリジナルドリンクがあるんだ。いいよ、頼みなよ。お腹《なか》すいてない？すきっ腹《ぱら》に飲むと良くないよ。果物でも切ってもらえば？」Nは、この席を「接待」だと決めつけているらしく無邪気《むじゃき》だ。銀座での「フルーツ盛り」は、時価《じか》でこわいんだぞ。

「マスター、桔梗ちゃんのお願いね」ママはスツールに座ったまま身体《からだ》をひねると、カウンターの中にいるマスターに声をかけた。ママの亭主《ていしゅ》であるマスターは、心得《こころえ》たという様子《ようす》で、カウンター下の冷蔵庫を開けた。

ここのマスターは車が趣味で、ＢＭＷのスポーツカータイプに乗っていた。あの店も、マスターが車を買った販売店の店長が一条の知り合いだったことで、連れてこられたのが最初だった。

車雑誌の編集長は、車と関《かか》わるいろいろな立場の人間と付き合う。多方面から車というものを見ることが、雑誌作りには必要だ。

「クルマ買わなきゃ働く気になれませんよ」

初めて一条がこの店に行き、車雑誌の編集長という肩書きの名刺を出した時、マスターは言った。

その言葉を聞いて、一条は古典の「伊勢物語《いせものがたり》」をふと思い出した。

昔男ありけり

在原業平《ありわらのなりひら》をモデルにしたといわれている平安《へいあん》初期のこの物語の中に、名馬《めいば》が出てくる段《だん》がなかったであろうか。

昔は、馬が今の車の役目を果たしていたのだ。現代の人間が、いい車を欲しがり、いい車を見ると「俺も金を儲《もう》けてあんな車に乗りたいものだ」と野心《やしん》を燃やすように、いい馬を持ち、それに颯爽《さっそう》と乗る男が人々の羨望《せんぼう》の的《まと》であった時代が長くあった。

いつの時代も男が求めるものは単純。いい女といい乗り物。それを得《え》ようとして男は働く。

単純なのだ。極《きわ》めて単純な構図《こうず》なのに、なぜ世界は……。

「私は、これからディーゼルエンジンの乗用車がどんどん一般化すると思いますね。馬力《ばりき》が違いますから。スポーツカーこそ、ディーゼルエンジンが本領《ほんりょう》を発揮《はっき》する分野なんだ」

一条が桔梗と出会う晩の前にRに来た時、マスターはディーゼルエンジンの展望《てんぼう》について熱く語った。

「排《はい》ガスの問題があって、街中《まちなか》では不向きだと日本では思われているのでしょうが、そのへんのことは、技術の進化でクリアできる。ヨーロッパでは、研究や開発がどんどん進んでいるんでしょ？　もうすぐアウディが、ディーゼルエンジン乗用車の販売に力を入れ始めるんじゃないでしょうかね」

二〇一三年五月、雑誌編集長の職を退《しりぞ》いて車評論家《くるまひょうろんか》になった一条は、日本国内で拡大している「クリーンディーゼル」乗用車市場《しじょう》についての原稿を書いている。書きながら思っている。

素人《しろうと》の勘《かん》というものをあなどってはいけない。

一九八七年七月の銀座七丁目のクラブマスターの予言《よげん》は正しかった。アウディ社は一九八九年にボッシュ社と共同開発した直噴《ちょくふん》ディーゼルターボ搭載《とうさい》の「アウディ１００ＴＤＩ」を出し、そこから現在のディーゼルエンジン乗用車市場は始まったと言って良い。


「わー一条さん、またお目にかかれてうれしい」

「桔梗オリジナル」を小さなトレイに載せて持ってきたのは、前回、一条の席に付いた女だった。クリーム色のチャイナドレスを着ている。今夜は「チャイナドレスの日」なのだろうか。

「いらっしゃいませ」

「えーっと」一条は、女の名を思い出そうと目を少し宙《ちゅう》に泳がせた。三、四ヶ月経過していたのだ。

「マリモです」彼女はそう言いながら、一条とNの間にはさまれてソファー席に座っている桔梗の前に「桔梗オリジナル」を置いた。華奢《きゃしゃ》な水色のグラスに、黄色い液体が入っている。グラスのふちには、塩が一周きれいに付けられている。

「ん？　ソルティードッグ(8)じゃないの？　これ」Nが言った。

「ええ、グレープフルーツですけど」マリモはにっこり微笑《ほほえ》んでそう言い、ママを見て、それから店のドアのほうに目を移《うつ》した。ドアが開いて、客が入ろうとしているのが見えた。

「ちょっとごめんなさいね」ママはそう言うとスツールから立ち上がり、入り口《いぐち》に向かった。

「濃縮還元《のうしゅくかんげん》のパック入りジュースなんかじゃないのよ。ちゃんと生《なま》のグレープフルーツを、マスターが手でギュッとして絞《しぼ》るの。絞り器《き》使うと味が落ちますでしょ。それにこの塩は加計呂麻島《かけろましま》の自然塩《しぜんじお》でございます」マリモはそう言ってから、ママが座っていたスツールに腰を下ろした。

「加計呂麻島？」

「奄美群島《あまみぐんとう》の。ママは奄美の出身なのよ。それで、くにから送ってもらってるんですって(9)」

「へえ。南国《なんごく》美人か。それにしては色白《いろじろ》だな」Nは、あらたな客の応対をしているママのほうを見た。

「東京に出てきて来年で二十年目だそうよ」

「マスターも奄美出身なの？」Nがカウンターの中でグラスを拭《ふ》いているマスターに声をかけた。

「いえ、私は福島《ふくしま》です」マスターはにこやかに答えた。「でもやはり、二十年くらいになりますね。東京に出てきて」

「マリモちゃんはどこから出てきたの」Nが聞いた。

「みずうみ」

マリモは真面目《まじめ》な顔をして言った。Nは笑い出した。

「そりゃそうだ。マリモだもんな。面白い。マリモちゃんも飲みなよ。『マリモオリジナル』があるんなら頼んでいいよ」

「それは今、考え中なの。今日のところは水割りで……」マリモはそう言って、一条がキープしていたウイスキーのボトルを傾《かた》げた。

「これ、マスターに手伝ってもらって空《あ》けて、新しいの入れましょう」

「別に手伝ってもらって空けなくても……」一条はそう言いながらもカウンター内のマスターを呼んだ。

「マスター、ボトル新しいの入れたいから、これ、空けちゃってよ」

「はい、喜んで」マスターはにこにこと出てきた。一条と同じくらいの年齢だが、恰幅《かっぷく》のいい男だ。

マリモがマスター用に大胆《だいたん》にウイスキーを入れた水割りを作り、少しだけボトルに残したウイスキーを自分の水割りにし、五人は乾杯《かんぱい》した。

「かんぱーい」

桔梗は元気な声でそう言うと、「桔梗オリジナル」のグラスのふちにそっと口を付けた。「おいしい塩。甘くて」と言い、一条の口の前に、グラスを持っていった。一条はグラスのふちをなめてみた。確かに塩なのだが、甘みがあった。

マスターは、マリモが作った「濃い目」の水割りをごくりと飲むと言った。

「どうです、ディーゼルエンジンのスポーツカーに関する情報は入ってきていますか」

「いや、特にないね」

「今に特集組んで下さいよ」

「ああ。でも、まだまだ先のことだな、日本の市場では」

「ディーゼルっていったら桔梗は……」桔梗が唐突《とうとつ》に歌い始めた。

「ぼくのなまえはヤン坊」

すると、マリモが続いた。

「ぼくのなまえはマー坊」

二人は息もぴったりとハモりだした。

「ふたりあわせてヤンマーだ　君とボクとでヤンマーだ⑩」

「知ってる？　おニャン子クラブの『セーラー服を脱がさないで』のふりが、この歌にぴったりなの」桔梗はそう言うと、一条とＮの間から立ち上がり、Ｌ字型のソファー席から出てきた。

「ぼくのなまえはヤン坊
ぼくのなまえはマー坊
ふたりあわせてヤンマーだ
君とボクとでヤンマーだ」
そう歌いながら、「セーラー服を脱がさないで」のふりで踊る。チャイナドレスを着た腰がテンポ良く揺《ゆ》れる。
「ホントだ。この歌のためのふりつけみたい」Nは感心したように手を叩《たた》いた。
マリモも立ち上がった。
「農家の機械はみなヤンマー
漁船《ぎょせん》のエンジンみなヤンマー
ディーゼル発電《はつでん》　ディーゼルポンプ
建設工事もみなヤンマー」
「よっ、ヤンマーシスターズ！」マスターがふたりに声をかけ、一条のほうを見て言った。「かわいいでしょ」
「ああ」一条も思わず見入《みい》ってしまった。

「マリモはマー坊でいいけど、桔梗ちゃんはヤン坊じゃなくて『キー坊』だな」

Nはそう言って二人の名付け親になった。「キーマーシスターズだ」

その後、マスターは別の客の応対をするために席を立ち、一条とN、そして「キーマーシスターズ」は、テレビアニメやCMソングの話をした。

Nが「カッパ黄桜《きざくら》」のCMが好きだというと、桔梗が歌ってくれた。

「かっぱっぱ　ルンパッパ　かっぱ黄桜かっぱっぱ　ポンピリピン　のんじゃった　ちょっといい気持ち」

パとピの半濁音《はんだくおん》が首のリンパ腺をほぐしてくれるような、心地良い歌声だった。

「あれはいいよな。小島功《こじまいさお》の描《か》く女のカッパが色っぽくてさ」Nは言った。

「ああやって女の胸を愛《め》でながら酒を飲むのが男の幸せ、ってやつか」一条がそう言うと、桔梗はチャイナドレスの上から自分の胸を押さえるようにして言った。

「あんなまん丸おっぱいだったらなあ」

「まあまあ。小さいのは小さいなりの良さがありますとさ」マリモは「まんが日本昔ばなし」のナレーション調にいう。

「それに大きい人は大変ですとさ。まわりの目は楽しませてくれるけど、本人は肩凝《こ》りますって。走ると揺れて痛いらしいし」マリモはそう言って少しうつむき、自分の胸を見るようにした。「私もその感覚よくわからない組《ぐみ》だけどね」

「どれどれ、おじさんが見てあげよう」Nはそう言って桔梗の両肩に前から手を当て、胸を広げるようにして言った。「うーん、いいよなかなか」

「何がいいの」とマリモ。

「小さくても形がいい」

「わーい、ありがとう」桔梗はそう言って、Nにハグをした。Nはデレデレにうれしそうで、なかなか身体を離そうとしなかった。

こんな他愛《たあい》も無い話をしながら酒を飲むために、仕事に疲れた男たちは銀座に向かう。

しかし、あの当時、こうやって男二人で飲みに行って、ウイスキーのボトルを一本入れて、ママやホステスたちに酒をおごって、つまみを少々とって……五万円くらいだった。それを疑問に思わず素直に払っていた。飲み代として、いつも財布に現金十万は入れていた。

酒を飲むだけなら居酒屋《いざかや》でいいわけだが、女がいてほしいのだ。女がいないと場が閉じられてしまう。あらたな風が吹き込んでこない。

一輪の白い桔梗が燃えている

ママが戻ってきた。

「私が繰《く》り返しみたのは、『ローマの休日』ね」

ママは、ＣＭソングの話題が一段落付いた一条たちの席に座ると映画の話を呼び戻した。

「ヘプバーンがすてきでねえ。王女さまがブラウスにスカート姿で何も持たずにお城を抜け出す話でしょ。ずっと同じ服を着ているんだけど、シーンによって襟《えり》の立て方や、スカーフの使い方なんかを微妙《びみょう》に変えて着こなしていて、それをまねしたものよ。長袖《そで》のブラウスの袖をまくり上げて、半袖にしたり。あの頃は、ビデオなんてものがなかったから、映画は映画館で見るしかなかった……。奄美から東京に出てきて、映画館がいっぱいあるのが夢みたいだったわ」

「俺は車に注目したな」一条は言った。

「グレゴリー・ペックがやった新聞記者が乗っているフィアット」[11]

「そうそう。あれは可愛い車だわ」

そういえば、直噴ディーゼルターボ搭載の「アウディ100TDI」誕生の決め手となった高圧燃料噴射《こうあつねんりょうふんしゃ》技術はもともとフィアットの特許《とっきょ》だった。それをボッシュ社が買い取り、アウディ社と共同開発をすすめたという経緯《けいい》がある。

「桔梗も五回くらい見た、あの映画」桔梗が言った。

「私は三回くらいかな。『日曜洋画劇場』なんかでも定期的にやるから、そのたびに見ちゃうね」マリモは、Nの水割りのおかわりを作り、マドラーでかき混ぜながら言った。

「そういえば、一条さんって、グレゴリー・ペックに似てないかしら」

桔梗は、さっきママが桔梗を「秋吉久美子に似てないかしら」と言った口調を繰りかえすように言った。

「似てない！」Nが大声で否定した。「どこが」

「左のまゆげを上げてしゃべるところ」桔梗は、自分の右隣に座っている一条の左眉《ひだりまゆ》を右手の人差し指と中指でなぞって言った。一条の中に何かが芽生《めば》えた。

「そういえば、あの新聞記者の名前は『ジョー』だったわ」ママが言った。

「ジョー・ブラッドリー」

「一条さんも『ジョー』ね」マリモが言った。

「きまり。いまから一条さんは『ジョー』って呼びましょう」桔梗はチョコポッキーを両手に持って、にっこり笑うと言った。

三

新宿住友《しんじゅくすみとも》ビル五十一階の展望台から道路を見下ろすと、走っている車は虫のようだ。

車は昆虫なのではないか、と一条は思う。

俺は小学生の頃、虫が好きだった。故郷の出雲で、虫カゴと網《あみ》を持って、ランニングシャツに半ズボン姿で真っ黒になって走り回っていたものだ。クワガタ、スズムシ、カブトムシ。斐伊川《ひいがわ》の川辺で追いかけた、ちょうちょ、トンボにクツワムシ。カマキリも好きだったな。

昆虫ほど「よく出来ている」ものはない。あんなに小さくて、あんなに精巧《せいこう》で、それが飛んだり、跳《は》ねたり、走ったり。虫を見ていると、神様はいる、という気持ちになる。

男たちは、少年の日に虫を追いかけた延長《えんちょう》で、車を設計し、作り、乗って遊んでいるのではないだろうか。車という自分が作った虫の中に、自らが入ってしまう。

しかし虫と車が決定的に違うところは、車には「燃料がいる」ということだ。

一輪の白い桔梗が燃えている

「車は移動の欲求の産物《さんぶつ》ですよ。我々には人間の運動能力を超えた速度で移動したいという願望がある。その手段として車が生まれたんです」

M社の設計エンジニアはそう言った。一条より六、七歳若い男だった。雑誌の記事のために一条のほうからコンタクトをとり、開発に関するインタビューを依頼したのだが、東大工学部出身の男で、一条が東大文学部卒だというと、次第に先輩後輩《せんぱいこうはい》口調になっていった。

「しかし自動車普及《ふきゅう》の歴史なんて、まだせいぜい百年だよね。それも、戦前の日本では自家用車など一部の富裕層《ふゆうそう》が持っていたに過ぎない」一条は言った。

「白洲正子《しらすまさこ》さんが以前話してくれたよ。大正のはじめ頃、お父さんが七人乗りのキャデラックを買った時のことをね。ドアには家紋《かもん》がついていたらしい。特注《とくちゅう》だね」

「白洲正子……随筆家《ずいひつか》の？　お知り合いなんですか」

「以前にいた出版社で、骨董《こっとう》美術の本を作るのにお会いしたことがあるんだ。とても気さくな人で、仕事以外の雑談がおもしろかった。彼女は樺山資紀《かばやますけのり》伯爵《はくしゃく》のお孫さんで、日本の上流階級の出身だ。当時はそのくらいの層しか、車は持てなかった」

「富裕層は、車以前に馬車を持っていた。それが自動車に変わったんですね」

「一般市民は、汽車には乗っていた」

「それ以前には、船」

そう、船の歴史は古い。最古の乗り物だ。遣隋使《けんずいし》の時代[12]に、日本人が中国大陸まで移動できたのは、船のおかげだ。その当時の船にはエンジンもなく、燃料もいらない。

「風」に動かされていたのである。


「自動車はいまや日本の経済を支える産業ですよ。車が売れなければ、日本経済は成り立たないといって良いでしょう。伯爵だの侯爵《こうしゃく》だのという特権《とっけん》階級が存在して、そういう層だけが車、それも外車を所有するような社会構造のままだったら、日本は経済的に進化しません。国際社会で取り残されます」

「そうか」

「そうですよ。自家用車の普及は、人々を平等にした。誰もが自分の意思で、行きたいところに行けるようになったんです」

「しかし、その一方で、交通事故も増えたし、暴走族《ぼうそうぞく》などという輩《やから》も出てきたし……」

「あれは単なるバカですよ。警察が厳しく取り締《し》まればいいんです」

「それに車だけでは話にならない。ガソリン、石油がいるからね」

「中東情勢《ちゅうとうじょうせい》は私も気になりますが……」エンジニアの口調は少し翳《かげ》りを帯《お》びた。

イラン・イラク戦争の空爆《くうばく》の映像が、日本のテレビニュースで映し出されていた。新聞の第一面ニュースになる日もあった。

中東のいざこざは、石油に関する利権《りけん》争いが大きな要素だ。それに、大国アメリカとソ連[13]が関与して……。

報復戦《ほうふくせん》。爆弾《ばくだん》を落とされたら落とし返す。どうやってほどいたらいいかわからない、からみあった糸。

決して無関心でいたわけではない。自動車業界に関わっていて、産油《さんゆ》国の戦争に対して無関心でいられるわけがない。

しかし、何が出来るだろう。一般の日本人に。

イランやイラクにおいても、一般人には、おそらく何も出来ないのだ。何もわからず爆弾を落とされ、何もわからず家を焼かれ、何もわからず殺されて……。戦争をしたがっているのは、いつの時代、どこの国でも、一握《にぎ》りの連中だ。

俺には人が殺せない。

人間には二種類いる。殺せるやつと殺せないやつ。

俺は大学紛争で、教授《きょうじゅ》をポカリとやることさえ出来なかった。

大学を改革する必要があることはわかっていた。医学部の学生に対して、大学側の不当な処分[14]があり、それに抗議しなければならないことも知っていた。しかし、それがゲバ棒や鉄パイプを持って暴《あば》れることに直結《ちょっけつ》する思考に、どうしても共感できなかった。

「暴力《ぼうりょく》がふるえない性分《しょうぶん》なんだ」

そう言った俺を、全共闘の「闘士《とうし》」は嘲笑《ちょうしょう》した。

「非暴力か。そう言って逃げているやつが、状況をさらにひどい暴力へと導くんだ」

彼は、「暴力で対応しないと、打開《だかい》できない事態がある」と言った。

そうだろうか。

暴力がふるえないのは、性分というより、遺伝子《いでんし》に組み込まれていることなのではないかとも思う。俺の親父《おやじ》もそうだった。

十九歳で徴兵され、中国大陸に送られてすぐ、マラリアとアメーバ赤痢にかかり、野戦病院で「病人」になった親父。役立たずの兵隊、軍の足手まといになった父だが、そのおかげで、暴力をふるわずに済んだ。

まさか、意図的にアメーバ赤痢になったわけではないだろう。しかし、彼の深いところでどうしても変えられないアイデンティティを守るための、無意識による自己防衛《ぼうえい》の働きであったともいえる。

「運転？　しない」桔梗は「桔梗オリジナル」のグラスのふちの塩を少し唇につけたまま、首を振った。一条が桔梗とマリモに車の運転はするかと聞いた答えだった。

「まだ十七歳だったりして？」Nが言った。

「にじゅうさん」桔梗は平然と答えた。

「私も二十三」マリモが言った。

「うん、キミはそのくらいに見える」一条がそう言うと、ママも仲間に入った。

「私も二十三」

「トシっていうのはね、自分で決めちゃっていいの。『このひと何歳』って、私が決めれば、私にとってのそのひとは、そのトシなの。そのひと自身が『本当は』何歳かは、重要じゃないわ」マリモは、氷入りのグラスに立ててあるチョコポッキーを一条に差し出しながら言った。

「マリモちゃん、正解」一条は賛成し、ポッキーを受け取った。「俺も二十三に決めてもらおうかな」

「まあ、二十三になっても、桔梗ちゃんのような女の子は、助手席が似合っているよ。運転はしなくていい」Nは二つに分けてシニョンに結《ゆ》った桔梗の頭をなぜながら言った。「マリモちゃんは?」

「私は一応、免許はあるけど。車を持ってないから、ペーパードライバーっぽい」マリモがそう答えると、ママがマリモのほうを見て言った。

「そういえばこの間、大久保林《おおくぼばやし》さんに運転させて頂いたの？　あの……」ママは何かを思い出そうとしていた。「あの……ふぐの……」

「ふぐの？」Nがきょとんとした顔でママを見つめ、座は一時沈黙した。

「てっさ……」ママが宙をみつめてつぶやくと、一条が言った。

「テッサロッサ[15]！」

「そう、そう、それ」とママが言い、一同は安心したように息を吐いた。

「大久保林さんが、運転させてあげるよっておっしゃってたじゃないの」

「そうなの。表参道《おもてさんどう》に住んでらっしゃるのよねえ、あの方《かた》。車庫代だけで、月五万ですって」マリモは一条とNのほうを見て、説明を補足《ほそく》した。「テッサロッサを持っていらっしゃるお客さまに『すごーい』って言ったら、『運転させてあげるよ』って。お昼間に、表参道でお会いしたの」

「それで、マリモちゃん、運転したの？　その、ふぐのてっさ」Nがそう聞くと、マリモは首を振った。

「ううん、運転は遠慮しました。あんなの、運転できない！　なんていうの、背骨をまっすぐ立てて座っていられないんだもの。ほとんど寝椅子《ねいす》状態……。

助手席に乗せてもらって、原宿を一周したけど、もう、いいわ。ああいうのは話のタネとして一回乗れば」

「ああいうの、何がいいのかしらね」ママは言った。

「小さなおうちが一軒買えるくらいのお値段よ」マリモがそう言うと、桔梗が言った。「高いおもちゃ」

「俺も、表参道でテッサロッサ乗るのはどうかと思うけど、ドイツのアウトバーン[16]なんかで、運転してみたいな」Nが言った。

「スピード出すのって、何がおもしろいの？」桔梗はNの顔をじっと見て聞いた。

「そう、くりくりおめめで、真面目に聞かれると……」Nも桔梗をみつめて答え、二人はみつめ合った。

「目的地に早く着きたいっていうのではないわけでしょ」マリモが言った。

「うん、違うな」一条は言った。

「高揚感《こうようかん》……。日常とは違う意識状態を味わいたいんだろうな」

「日常がたいくつなの？」桔梗はNをみつめ続けて言った。

「だから、そんなつぶらな瞳《ひとみ》でみつめないで」Nは言った。「抱きしめたくなるよ」

確かに、車というものが出来たから、そうやってスピードを追い求める行為が発生したのだ。それ以前は、馬に乗って疾走《しっそう》することで満足していた感覚を、車の運転によって満《み》たそうとするようになった。地球の内部でつくられる石油という資源を吸い上げて燃焼させて……。

こういうことは、人間のある種の欲求の根源《こんげん》があって、それが車という形で現れているに過ぎない。その欲求は、別の方法でも、満足させられるものだろう。

「桔梗は自動車がどうして動くのかわからない。だから運転なんてしない」桔梗は言った。

「まあ、大ざっぱに言うと、車軸《しゃじく》の両端《りょうたん》にタイヤが付いていて、その車軸にエンジンでの働きを伝えてやることで、タイヤを回して動かすんだよ」Nは言った。

「タイヤ、車輪《しゃりん》が回ることで乗り物が動くのは感覚的にわかるでしょう。自転車でもリヤカーでも馬車でもさ。その車輪をどういう方法で動かすかの問題で、自動車はエンジン。馬車は馬、リヤカーは人間が引っ張る」

「エンジンはガソリンを燃やして動かすの？」

「そう。ガソリンと空気を混ぜて火をつけて爆発させる。その時に発生する力を回転力に変えるのがエンジンの役目」

「止まっているエンジンを最初に動かすのはどうするの？」

「バッテリーの電気を使う」

「バッテリーって何」

「電池。車はエンジンの回転によって発電する機械がついているから、運転中にまた充電《じゅうでん》される仕組みになっている電池がバッテリー」

「ライトのつけっぱなしなんかで、エンジンがかからなくなる『バッテリーあがり』は、その電池の電気をライトが使って切れちゃった状態なのね」マリモが言った。

「それに、一ヶ月ぶりに運転しようとした車の、エンジンがかからなかった友達がいたわ。車は、止まっていてもいろいろ電気を消耗《しょうもう》しているのね。時計とかオーディオの待機《たいき》電力とか」

「そう。だからそういう時は、別の車のバッテリーと結線《けっせん》でつないで、エンジンをかけてもらったりする。機械は、最初に作動させるための指示とエネルギーがいるからね。動かそうとする人間の意志がまず最初だけど、それだけではだめ。何か動力がいる。『動けゴマ』とか人間が言ったところで、機械は動かない」

Nも、こういう説明になると真面目になる。

「車は……道がすべすべじゃないと走れないね」桔梗は、そんなNの講義を聞いているのかいないのか、自分の右手で、左人差し指の上をなぞりながら言った。銀色のリングをしているすべすべの人差し指。

「そうなんだ」一条は頷いた。


車輪というもの自体は、メソポタミア文明の時代から存在していたと言われている。

その車輪を使った乗り物である自転車は、燃料もいらないし、単純な仕組みだから、古代からあったのではないかと思われがちだが、歴史は意外と浅い。十九世紀にヨーロッパで発明されたのだ。

なぜ大昔に自転車が生まれなかったかというと、それはきっと、整備されている「道」があってこその乗り物だからだろう。

オフロードバイクなどというものが出てきたのは一九八〇年代以降で、俺の子供の頃は無かった。自転車は石ころ道やぬかるみに入ったら、降りて押して歩くしかない乗り物だったのである。そうなるとただ歩くより、やっかいな状態になってしまう。乗らなければ大きな「お荷物」だ。オフロードバイクにしたって、実用面での限界は従来の自転車とそれほど変わらない。馬のように、荒地《あれち》を駆《か》け巡《めぐ》ることは出来ない。

自転車同様、車も「車輪」で動く乗り物の宿命として「すべすべの道」を要求する。

人間の意識の中で、自動車は舗装《ほそう》道路とセットなのだ。

車輪をエンジンで回転させる自動車。エンジンは、地中から掘り出した石油を燃やして動く。そして、その自動車を走らせるなめらかな道路を作るために、地表を塗り固める。地球の皮膚呼吸をふさぐアスファルトやコンクリートで。この一連の行為を人間がやっている。

車輪は、極めて反自然的、人工的なものなのである。人間のいない地球に、車輪は存在しない。


「人間は、道を作りたくて仕方がないんじゃないかと思うこともありますね」

M社のエンジニアは言った。

「古今東西《ここんとうざい》、どこの国でも、道路の話ばかりしているじゃないですか。中国人エンジニアと話したとき、彼らの中国史における『道自慢』は大変なものでした。フランス人も、パリの道路の話題になると熱が入る……。

日本でも、お役所は、道をいじってばかりいる。『道路依存《いぞん》症』かもしれませんね。車を走らせるために道路を作るというよりは、道を作りたいがために、乗り物をせっせとこしらえてるんじゃないかとさえ思いますよ。人間の徒歩《とほ》能力だけでは、どこまでも続く道を作ることは出来ない。それで高速で走る車が必要になる」

## 四

「ジョー！」

桔梗は長旅から帰還した恋人を迎えるように、店の入り口で一条に抱きついた。

二度目に桔梗に会ったのは、最初の晩からちょうど一週間後だったのだが。

一九八七年の銀座のクラブは「花金《はなきん》」(17)ではなく「花木《はなもく》」、つまり、木曜日が一番にぎやかだった。

その当時の銀座のクラブの客層《きゃくそう》の大多数を占めていた社用族《しゃようぞく》(18)は、土曜日になるとゴルフに行く。行き先は千葉《ちば》や神奈川《かながわ》など、東京近郊《きんこう》のゴルフ場。つまり土曜の朝は早起きしなくてはならないので、金曜日の夜遊びは控えて、早く家に帰るのである。それで、金曜日は比較的空《す》いていた。

一条はゴルフをしない。ゴルフは平地の多いイギリスで発達したスポーツだ。日本人が山を切り崩《くず》してゴルフ場を作り続けることに疑問を感じていた。

またNと飲もうかと、M社に電話をかけてみたら、一年前に発売した車のリコール[19]が発生したということで、忙しそうだった。かなりの台数が部品交換の対象になるらしい。

リコール情報も、車雑誌の編集長として押さえておくべき事柄《ことがら》ではあるが、情報がしっかり整理されないうちは、特に手伝えることもない。ひとりで飲みにいくことにして、本郷にある編集部を七時くらいに出た。近所でそばを食い、地下鉄丸《まる》の内線《うちせん》の本郷三丁目駅から新宿行きの地下鉄に乗り、銀座に向かった。

俺はどうも、本郷という土地に縁があるようなんだな、と一条は思う。大学時代も、東大の本郷キャンパスから歩いて十五分くらいのところに下宿していた。

大学は紛争でぐちゃぐちゃだったが、本郷キャンパス内にある「三四郎池《さんしろういけ》」は静けさを保っていた。一条はゲバ棒が飛び交《か》っている時計台前を足早《あしばや》に通り過ぎ、三四郎池のほとりに逃げ込んで鯉《こい》をながめていたりした。ザリガニもいた。

東大のキャンパスは誰でも自由に入ることが出来る。それで、近所の子どもの遊び場や老人の散歩コースとしても利用されている。しかし、紛争でわけがわからなくなっていた時代は、そんな外部の利用者も減り、よけい静かに感じられたのである。

「三四郎池」は、夏目漱石《なつめそうせき》の小説「三四郎」に登場することで名付けられた池だ。正式名は「育徳園心字池《いくとくえんしんじいけ》」という。「心《こころ》」という漢字をかたどったから「心字池」なのだというのが、わかるようなわからないような形の池だ。北側からみた形が「心」なのだろうか。

東大本郷キャンパスがある土地は、江戸《えど》時代、加賀藩前田家《かがはんまえだけ》の屋敷《やしき》だったのである。それで、屋敷の庭園として池がつくられ、それが東大の中に残っているというわけだ。

東京大学は、日本の最高学府《がくふ》として、全国の秀才たちが集まってくる場所であるわけだが、彼らがそこに向かうのは、何か隠されたコマンドがあるような気がする。

つまり、本郷という場に呼ばれる人間がいて、その指令《しれい》を果たす上での便宜上《べんぎじょう》の理由として、東大に入学する。そのために高校時代から勉学に励《はげ》む。東大入学は目的ではなくて、ある使命《しめい》を果たす者たちの隠れ蓑《みの》なのだ。

東大に限らず、ある学校に入るというのは、そういうことなのかもしれない。何年かその地と関係を結ぶのだから。その学校のある土地に引き寄せられるのだ。

俺はかたちばかりの東大生で、大学紛争のどさくさにまぎれて大して勉強もせずに卒業し、東大出身という学歴を得たことをなんとなく後ろめたく思っているが、あの時代に、本郷にいたということで、ひとつの見えない使命を果たしているのかもしれない。

大学を出て学術書の出版社に入ったが、そこは千代田区神田《ちよだくかんだ》だった。悪くない出版社だったが八年ほどで辞《や》めて、文京区本郷《ぶんきょうく》にある「ＣＡＲモンド」編集部の採用試験を受け、編集者として採用された。また本郷という地に通うことになったのである。

「ご無事でなによりー」

桔梗は一条の腕《うで》をとり、席へと連れていった。「今日はひとりなのね」

その晩の桔梗は、肩ひものある水色のサマードレスを着ていた。大小さまざまな水玉が、シャボン玉のように散りばめられている柄だ。

首や肩、腕が全部露出《ろしゅつ》している。冷房がきいた店内で寒くないかと一条は思った。

前回、ぬいぐるみの耳のように、左右で丸くまとめていた髪を、今晩はおろしている。前回よりは大人っぽく見えた。しかしそれでも二十三には見えない。

「いらっしゃいませ。よかったわね、桔梗ちゃん。ジョーさんが来て下さって」

ママが出てきた。水色の絽《ろ》の着物に、赤い朝顔《あさがお》柄の帯を締《し》めている。今日は「水色の日」なのだろうか。

「桔梗ちゃんは『ジョーさん恋しやホーヤレホー』[20]状態だったのよ」

「ありがとう。それで手紙をくれたんだね」一条は言った。

前日、編集部宛《あて》に桔梗からの手紙が届いていたのだった。

ジョー
会いたいです
桔梗信玄餅《しんげんもち》とってあります
ききょう

と書いてあった。


桔梗は一条を席に座らせ、おしぼりを持ってきて両手の平の上でポンポンと飛び跳ねさせるように広げると、

「はい」といってうれしそうに手渡し、一条がそれで手を拭いている間に、すばやくトレイに載せたセットを運んできた。前回一条がキープしたウイスキーのボトルと氷入れ、グラス、ミネラルウォーターなどと共に、小さなビニールの風呂敷《ふろしき》包みが二つ載っている。

「これ、桔梗信玄餅。この間、山中湖《やまなかこ》行った時、買ってきたの」桔梗は水割りを作りながら言った。

桔梗が水割りを作る「お手前」は前回より洗練《せんれん》されたようだ。動きに無駄がなく、指の運びも美しい。

「知ってた？」桔梗は言った。

「いや、知らなかった」

「山梨銘菓《やまなしめいか》なの」

「山中湖行ってきたの？」

「うん。G《ジー》さんと一緒に」桔梗は、水割りのグラスを一条の前に置いて言った。

「ジイさん？」

「ううん、Gさん。まだおじいさんではないの。六十四歳のお客さん。権《ごん》さんっていうの。権　玄《げん》っていうのよ。すごい名前でしょ。それでGさんって呼ばれてるの。イニシャルがG・Gだから」

「ふーん」一条は桔梗の話を聞きながら、カウンターの中のマスターに声をかけた。

「マスター、また『桔梗オリジナル』作ってあげて」

「ありがとうございます。よかったね、桔梗ちゃん」

「うん！」桔梗は満面《まんめん》の笑みだ。

こういう笑顔を、自分はしたことがあるだろうかと一条は思う。なんの曇《くも》りもない、純粋な笑顔。


桔梗は、マスターがすばやく作って持ってきてくれた「桔梗オリジナル」のグラスを左手でとり、右手を少し添《そ》えてしずしずと持ち上げると、

「かんぱい。ジョーと桔梗の再会おめでとう」と言って、一条の水割りのグラスに少し触れさせるようにあてた。

「Gさん……お客さんと、お店の外で会ったの？」一条は聞いた。

「うん」桔梗は桔梗信玄餅のビニールの風呂敷をほどきながら頷いた。

「ベンツで山中湖までドライブしちゃった」

「ベンツで」

「そう。運転手付きのドライブ」そう言いながら桔梗がほどいたビニールの風呂敷の中身は、白いプラスチック容器に入ったきな粉《こ》餅のようだった。楊枝《ようじ》と、黒い何かが入った小さなプラスチックボトルが付いている。

桔梗はきな粉餅のひとつに楊枝を刺し、少し持ち上げて空《あ》いたスペースに、その容器の黒い液体を流し込んだ。真面目な顔をして、用心深く丁寧《ていねい》にするその様子は、子どものおままごとのようだ。

「黒蜜《くろみつ》なの」

桔梗は桔梗信玄餅の説明をしながら、その小さなきな粉餅に、黒蜜をまぶし、楊枝で刺して持ち上げると言った。

「あーん」

一条は少しためらった。甘いものが苦手なのだ。

「あーんして。ああ、蜜がたれちゃう」桔梗が本当に困ったようにそう言うので、一条は口を開けた。桔梗は、餅を一条の口の中に入れると、満足そうに微笑んだ。

「桔梗も食べる」そう言って、二個めの餅にさっきと同じように黒蜜をまぶし、自分の口に入れた。リップグロスを塗った唇に、少しきな粉が付いた。一条はそれを見て、何かがこみ上げてくる思いだった。

「もうひとつ食べる？」桔梗は容器に残った餅を見て言った。一包み三個入りなのだ。

「いや、もういい」

「そう？　じゃあ桔梗が食べるね」

桔梗は最後の一切れに丁寧に黒蜜をかけ、きな粉もまんべんなくまぶされるように容器の中をころがし、それを口に入れた。

「おいしいね」桔梗はもぐもぐと餅を食べ、「桔梗オリジナル」のグラスに口をつける。

「Gさんは、ゴルフ場をたくさん持っている会長さんなの。息子さんに社長の役を譲《ゆず》った会長さん。それでお金と時間がたくさんあるのですって。お店にも、運転手付きのベンツでいらっしゃるの」桔梗は言った。

「でも、桔梗はちょっと考えちゃう。Gさんがお店でお酒を飲んでいる間、運転手さんはどうしているんだと思う？」

「さあ……。新橋《しんばし》でラーメンでも食べてるんじゃないか」一条は言った。

「ラーメン屋に二時間も三時間もいられないよ」

「そうだね」

「それで桔梗、Ｇさんにそう聞いてみたの」

「そうしたら？」

「そんなことは考えなくていい、って」

「なるほど」

「Ｇさんは、運転手さんが、言った時間にちゃんと迎えにきてくれればそれでいいんだって。もし、そうしてくれなかったらそれなりに考えるけど、そうならない限り、そんなことは考えない。Ｇさんがお酒を飲んでいる間の運転手さんの行動は、Ｇさんのカンカツではないことだって」


　では、Ｇさんにとって桔梗の存在はどこまでがカンカツ、管轄領域《かんかつりょういき》なのだろう。

　店の中だけでなく、外でドライブをしているくらいだから（運転手も一緒らしいが）、単に酒を飲むときに愛でる花として以上の桔梗が、Ｇさんのカンカツになっているのかもしれない。桔梗はどこまで……。

　いや、そんなことは考えなくていい。それこそ俺のカンカツではない。俺のカンカツは、俺にとって桔梗はなんなのか、ということだ。

「ジョー、いっしょにお船に乗ろう」

　桔梗が突然言った。

「船？」

「そう。青函連絡船《せいかんれんらくせん》」

「青函……北海道《ほっかいどう》に行きたいの？」

「うん。サロマ湖《こ》に行ってみたい」

「サロマ湖」

「そう。北海道で一番、日本中でも三番目に大きいみずうみなのですって。マリモちゃんが話してくれたの」桔梗は、湖面《こめん》のような目をきらきらさせて一条をみつめた。

「マリモちゃんは、旅行が好きなの。アルバイトをしてお金を貯めては、いろんなところに行くのよ。ここ以外にも、絵のモデルとか、イベントコンパニオンとか、いろんな仕事をしてて、お金が貯まると旅に出る。『渡り鳥マリモ』なの。お金というエネルギーを使い果たすと東京に帰ってきて、また貯める。それで、この間はサロマ湖に行ってきたんですって」

「いいところらしいね」

「うん、夕日がとてもきれいで泣いちゃったって。桔梗も見たいよ。サロマ湖の夕日」

「飛行機でも行けるよ」

「でも、飛行機だとイルカに会えないでしょう」

「イルカ？」

「津軽海峡《つがるかいきょう》(21)にはイルカがいるんだって。運がよければ、青函連絡船の甲板《かんぱん》から見えるって」

「マリモちゃんは、イルカを見たの？」

「ううん、残念ながら会えなかった。だから、桔梗が会ってくるの。津軽海峡のイルカに」

「青函連絡船は、俺も乗ったことがあるよ。大学生の時。一人で北海道旅行をした」

「イルカに会った？」

「いや、船酔《ふなよ》いしちゃってね。それどころじゃない。船内《せんない》でぐったりしてた」

「お船に酔うの？　車雑誌の編集長さんなのに？」

「車には酔わないけど、船には酔うよ。船のほうが、風の影響を強く受ける」

「風は、人間にはどうすることも出来ないものね」

「そう」

「来年、青函トンネルが開通するでしょう。[22] そうしたら、青函連絡船が廃止される。だから、それまでに乗っておきたいの」

「カーフェリーは運航《うんこう》されるだろうけどね」

「人だけで北海道に行くのは、飛行機か青函トンネルの中を通るしかなくなるって。そうなったら貨物船に密航《みっこう》する、ってマリモちゃんは言ってた」

「青函トンネルはいやなの？」

「海の底《そこ》をくぐるのはいや。イルカにも会えないし……。モグラはいるかもしれないけど」

「いや、海底《かいてい》トンネル内にモグラはいないんじゃないか」

「桔梗は狭《せま》くて暗いところが恐いの。『おやゆび姫』で、おやゆび姫がモグラのお嫁さんにされそうになるところ読むと、息が苦しくなる」

「おやゆび姫……。アンデルセン童話だよね。どんな話だっけ」

## 五

「むかし昔、あるところに、女の人がひとり住んでいるの。可愛い赤ちゃんがひとりほしいけど、どこからもらってきたらいいのかわからなくて、魔法使いのおばあさんに聞きにいくの」

「その女の人に、だんなさんはいないの？」

「それがわからない。何も書いてないの。ただ、可愛い赤ちゃんが欲しい女の人がいるところから始まるの」

処女懐妊《しょじょかいにん》物語の一種だったのかと一条は思ったが、

「絵本なんかだと、いろいろ省略されていることが多いからね」と言ってみた。

「ううん。岩波《いわなみ》文庫の『完訳《かんやく》アンデルセン童話集』[23]で読んだ。でも書いてなかった」

「そう」一条は少し驚いた。

「魔法使いのおばあさんは、そんなことは、なんでもありゃしない、って言って、ひとつぶの大麦をくれるの。これを植木鉢《うえきばち》にまきなされ、って」

「麦の芽が生えてくるの？」

「違うの。大麦の粒なんだけど、鉢に植えたら、たちまちきれいな大きな花が生えてくる。チューリップそっくりのつぼみ」

チューリップは球根だが、と一条は思った。

「赤ちゃんの欲しい女の人は、まあ、きれいな花だこと、と言って、お花にキスをするの。するとつぼみがパッとひらいて、中のめしべの上に小さい女の子がすわっている」

「それがおやゆび姫なんだ」

「そう。からだが人間のおやゆびサイズ。クルミのからをゆりかごに、スミレの花びらを敷ぶとんに、バラの花びらを掛けぶとんに眠ります。でも、窓から入ってきたヒキガエルにさらわれちゃうの」

「へえ……。ヒキガエルは何でおやゆび姫をさらうんだろう」

「むすこのお嫁さんにしようと思って。さらったヒキガエルは、おかあさんらしい」

「こわいね。ヒキガエルの夫と、お姑《しゅうとめ》さんと暮らすなんて」

「うん。それでヒキガエル親子は、川岸のどろ沼の中に新居《しんきょ》をつくるんだとか言って、とりあえずおやゆび姫を川に浮かんでいるスイレンの葉っぱの上に置いておくの。でもそれを見ていた川の魚たちが、かわいいおやゆび姫がヒキガエルのおよめさんになるのはふびんだって、スイレンの葉っぱの茎《くき》をかみ切ってくれる」

「よかった」

「それで、おやゆび姫は、スイレンの葉に乗ったまま、川を流れていくのです」

桔梗は心地よい柔らかな声で、おやゆび姫の冒険を語ってくれた。

おやゆび姫は、旅の途中で知り合った白い蝶《ちょう》と、自分が乗るスイレンの葉とを、自らの腰帯《こしおび》をといてつなぎ、蝶に導《みちび》かれて川を下る。ところが、飛んできた大きなコガネムシに、あっという間にさらわれてしまう。ヒキガエルの次はコガネムシ。誘拐《ゆうかい》されることには、なすすべもないおやゆび姫だ。

コガネムシには、おやゆび姫を自分の嫁にしようなどという計画性はなく、ただ単にかわいかったから、つい、連れていってしまったのである。

しかし、森の木に住んでいるコガネムシ連中が、おやゆび姫のことを「足が二本しかない」「触角《しょっかく》もない」「みすぼらしい」などとけなすので、コガネムシはおやゆび姫を、ヒナギクの上におきざりにして見捨ててしまう。

それからしばらくおやゆび姫は森の中でひとりで生きる。注目すべきは、おやゆび姫の知恵である。

彼女は、花の中から出てきて間もなくヒキガエルにさらわれたという設定になっている。つまり、何の教育も受けていない。しかし、ひとり、森の中で暮らすために、草の茎で寝床《ねどこ》をあんで大きなスカンポの葉の下につるし、雨を防いだりするのだ。

夏の間はよかったが、冬になって雪が降ってくると、どうしようもなくなり、おやゆび姫は森を出て、その外に広がる麦畑の切り株の下にある野ネズミの家に救いを求める。「大麦の粒を少し下さい」。野ネズミは、麦をたくさん貯蔵《ちょぞう》して、暖かく暮らしていたのである。

野ネズミはおばあさんで、親切な性格だったので、おやゆび姫を自分の巣の中に招き入れる。

それからしばらく、おやゆび姫は、野ネズミばあさんの部屋のそうじをしたり、話し相手になってやったりして平穏《へいおん》に暮らすが、それも長くは続かない。野ネズミの「お隣さん」であるモグラが、野ネズミばあさんを仲人《なこうど》に、おやゆび姫に求婚《きゅうこん》するからである。

「おやゆび姫は、あんな、のろくさいモグラのお嫁さんになるのはいやです、って野ネズミのおばあさんに言うんだけど、りっぱなお婿《むこ》さんじゃないか、台所だって、地下室だって、たべものでいっぱいだしさ、って怒られるの」

「モグラと結婚すれば、食べるのには困らない……」

「そう。でもいや。モグラと結婚したら、一生、暗い地下で暮らさなくちゃならない。そう思った時のおやゆび姫の絶望《ぜつぼう》が桔梗にはわかる」桔梗は真剣な顔で言った。

「モグラに悪意《あくい》はないだろうけどね」一条は言った。

「野ネズミのおばあさんから見たら、おやゆび姫は、寒い冬に飢《う》え死にしそうになっていたみなしごでしょ。それを助けてやって、裕福《ゆうふく》なお婿さんまで紹介してやってるのに、何の不満があるのか、っていうの。

モグラにも野ネズミにも、言い分があるんだよ。自分は間違ったことしてない、って思ってる。じゃあ、おやゆび姫に自由はないの？　野ネズミのおばあさんに助けてもらったんだから、言うことをきかなくちゃならないの？」

一条は水割りのグラスをテーブルに置いて、桔梗の目をみつめた。桔梗の真剣さが心にしみるようだった。自分はこれほど真摯《しんし》に、文学講読《こうどく》をしたことがあっただろうか。

桔梗による「おやゆび姫」の語りの詳細《しょうさい》なことに、一条は驚いていた。岩波文庫十八ページ分を、ほとんど暗記しているのだ。

「すごいね」と一条が言うと、

「三百回読んだから」と桔梗は言い、

「桔梗、真面目なんです」と一条をみつめて言った。

「僕だって真面目だよ」一条は、「俺」から「僕」になった。

「お店、何時まで？　ひけてからお茶しようよ。おやゆび姫の話をもっと聞きたい。帰りはちゃんとタクシーで送ってあげるよ」

「うん、そうしよう。桔梗の仕事は十一時四十五分まで。丸《まる》の内線《うちせん》の終電《しゅうでん》に間に合うように、そうしてもらってるの。桔梗、荻窪《おぎくぼ》㉔に住んでるんだ」桔梗は言った。

一条が急いでこう持ちかけたのは、店に客が入ってくるのが見えたからだった。四人いる。その時いた店側のメンバーは、マスターとママと桔梗、それと三十代のホステス一人だった。マリモの姿はみえない。四人連れの客が来たら、「若い子ちゃん」である桔梗にお呼びがかかるのは必須《ひっす》だろう。一条はそれを瞬時に察して提案をし、桔梗も迷わずそれに応じた。

二人は十一時五十分にソニービル㉕前で待ち合わせることにし、一条は席を立った。

「あら、もうお帰りになるの?」ママが、小走りで駆け寄ってきた。

「明日、取材で早いからね」一条は言った。取材の予定があるのは本当だった。

「まあ大変ね。お身体お大事に。またいらして下さいね」

ママはそう言い、桔梗と共に、店のドアの外にあるビルのエレベーター前まで見送りに出てくれた。

そうだ、あのビルは、銀座花椿《はなつばき》通りにあった。店は……確か六階だった。桔梗はママと共にお辞儀《じぎ》をし、顔を上げたあと、右手を振ってくれた。薬指の指輪が少し光った。

エレベーターを降りて通りに出ると、生《なま》あたたかい、白っぽい風が吹いていた。

一条には、風が白く見えることがある。子どもの頃、そう言って周囲に不気味《ぶきみ》がられたので、ある時期から誰にも言わなくなった。

白く生あたたかい風は、一条の身体に心地よく感じられた。店の中は、かなり冷房が効いていたのだ。肩ひもを結んでいるだけのサマードレス姿の桔梗は寒くないだろうか。

向こうからマリモが歩いてくるのが見えた。店の中で見るより、ずいぶんと痩せて見える。顔も蒼《あお》ざめていた。

「マリモちゃん。これから出勤？」一条のほうから声をかけた。

「ジョーさん」マリモは笑顔になった。

「俺、いま、飲んできたとこだよ。桔梗ちゃんがいた」

「昼間のバイトが長引いちゃって。今夜はお店、休みたかったんだけど、遅い時間に大勢《おおぜい》さんがいらっしゃるから出て、ってママに言われちゃった」

マリモは、白いフラットシューズを履いていた。大き目のバッグを持っている。中に、店で履くハイヒールの靴が入っているのだろうか。

「これから仕事だと、終電の時間を過ぎちゃうんじゃないの？」

桔梗は荻窪……マリモはどこに住んでいるのかと思いながら一条は聞いた。

「うん……、まあ、帰り方はいろいろあるの」

マリモはうっすらと笑った。

「また来てくださいね。お待ちしています」マリモはそう言うと丁寧にお辞儀をし、店のあるビルに入って行った。

その後姿《うしろすがた》を見て、一条は桔梗に聞いた「津軽海峡のイルカ」のことを思った。どこかの、何かに呼ばれて、そこへたどり着くための道のりとして、マリモはいま、東京都中央区銀座七丁目の夜の街を泳いでいるのだ。

一輪の白い桔梗が燃えている

桔梗は十一時五十分ちょうどに、ソニービルめがけて走ってきた。

店で履いていたハイヒールの白いサンダルのまま一目散《いちもくさん》に走ってくる姿を、転びはしないかと心配しながら、一条は見た。白いショルダーバッグを斜めがけにしていて、バッグは桔梗の腰を打つように揺れていた。

白い風が、桔梗の水色のサンドレスをはたはたとなびかせている。体の線があらわで、思っていたよりウエストがくびれている。顔は幼いが、二十歳《はたち》過ぎというのは本当かもしれないと一条は思った。

「ジョー」桔梗は息をきらしながら言った。髪が風になびいて顔にかかっていた。

「どこ行く？」

「新宿」

一条は数寄屋橋《すきやばし》交差点でタクシーをとめた。

「どちらへ？」という運転手の問いに、桔梗は助手席側の後部座席から少し身を乗り出して言った。

「靖国《やすくに》通りのダンキンドーナツ(26)前まで」

「わかる？」一条が運転手にそう聞くと、運転手は頷いた。「知ってますよ」

「皇居《こうきょ》の横を通《とお》って、靖国神社に出る道で行ってね」桔梗はうれしそうに言った。

「はい」運転手は言った。

「詳しいね」一条は、プランタン銀座を横目に見ながら言った。

「うん。何度か歩いた道だから。歩いて知ってる道を車で走ると、また感じが違って面白いでしょ」

「歩くの？」

「そう。おうちまで」桔梗は前を見たまま言った。

「おうち……荻窪に住んでるって言ってたよね」

「天沼陸橋《あまぬまりっきょう》のそば」

「えっ、銀座から荻窪まで歩く？」

「歩く」桔梗はにこにこ笑っていた。

「十五キロくらいなの。歩ける。ちゃんとお店の更衣室《こういしつ》に、リーボックのスニーカー置いてるの。それに履きかえて歩く」

「つまり、仕事が終った帰りに歩くってこと？」一条は驚いた。

桔梗が歩く理由はこうだった。

ふだんは丸の内線の終電に間に合うように十一時四十五分までの勤務にしてもらっているが、遅くなってもお客さんがたくさんいて盛り上がっている場合など、ママから一時過ぎまで勤務してほしいと言われることがある。そういう時はお店からタクシー代が出る。

「一万円札一枚」

銀座から荻窪までのタクシー代は七千円程度で、一万円あれば釣《つ》りが来るが、それを清算しろとは言われない。遅くまで仕事をした日は、その時給とは別に一万円札が一枚もらえるというわけだ。

それをタクシー代にせずに、桔梗は歩くのである。

「だって桔梗、時給二千円で働いてるんだよ。一万円って、五時間分でしょ。十五キロ、せいぜい三時間くらいの歩きだもの。お店の仕事よりワリがいい」

「だって仕事で疲れてるだろう」

「だから歩くんだよ」桔梗は言った。二人はしばし黙った。

七月第三週の深夜の道は空いていた。

靖国神社が見えてきた。

「桔梗ね、小さい頃、おかあさんとよく、ここに来たの。おかあさんのおとうさんはここにいる、って」桔梗は、自分の右手薬指にした指輪を触《さわ》りながら言った。

「そう」一条は理解した。

「おじいさんは戦争で亡くなったんだね」

「うん。でも、おかあさんは知らないの。おかあさんのおとうさん、桔梗のおじいさんのこと。おかあさんのおかあさんもよく知らない。

桔梗のおかあさんは菫《すみれ》、おばあさんはユリっていうの。

十九歳のユリさんは、昭和十九年の十二月二十四日に、九州《きゅうしゅう》の博多港《はかたこう》で若い男の人と出会いました。その男の人は、ユリさんのお腹《なか》に大麦の種を一粒まいて、戦争に行ってしまいました。そして帰ってきませんでした」

「そうか」

「だから、桔梗のおかあさんのすみれは、『終戦の子』。昭和二十年八月三十一日生まれ」

「おじいさんは……、兵隊としてどこに行ったんだろうね」

「中国。それはわかっているの。ユリさんのところにお手紙が一通届いたから。これから揚子江《ようすこう》を渡る、って書いてあったんだって」

「揚子江を渡る？　もしかして、それからワキン公司《コンス》というところに送られた隊にいたんじゃないの？」一条は驚いて聞いた。

十九歳で徴兵された一条の父から、繰り返し聞かされた中国での軍隊経験と合致《がっち》する話に、思わぬところで遭遇《そうぐう》したからだ。

六

一条の父は、昭和十九年十二月に博多港から軍用船《ぐんようせん》で朝鮮《ちょうせん》の釜山《ぷさん》に行き、列車で朝鮮半島を縦断《じゅうだん》し、山海関《さんかいかん》で中国に入り、天津《てんしん》、済南《さいなん》、徐州《じょしゅう》を経て揚子江を渡り、南京城外《なんきんじょうがい》のワキン公司というところに入れられた、と何度も何度も語っていた。

どの地名も、一条には未知《みち》の場所である。しかし、何百回と聞かされたので、それが自分と無縁の場所だとは思えない。

「戦争は語るのが義務だ」と、一条の父は言っていた。

「子どもをこしらえてしまったら、育てなければならないように、戦地を体験してしまった者は、戦争を語らなければならん。いやでも逃げられない」

一条の父は、中国に着いて間もなく、アメーバ赤痢とマラリアにかかって、隔離病棟で寝ていた。戦闘の経験はない。しかし、それでも、語ることはたくさんあると言い続けていた。

どこに行ったか、どんな同胞《どうほう》や上官《じょうかん》がいたか、どんなものを食べたか、便所はどんなだったか。

「南京脳炎《なんきんのうえん》という病気があってな」

これも三百回聞いた話だ。

「人間の体の動きを司《つかさど》っているのは脳だというのは本当なんだなあ。その脳が炎症を起こして、まともな指示を出せなくなるから、体の動きがぐじゃぐじゃになる。手や足や背中や首が、てんでバラバラに動き回っていて、物理現象的に、こんなことがあっていいのかと思ったね」

父は「ワキン公司で真後《まうし》ろにひっくり返った」セキモトという脳炎患者を背負った。やはり十九歳で徴兵された初年兵《しょねんへい》だったそうだ。

「セキモトは死んだ。ユリユリユリユリユリユリユリユリユリと念仏《ねんぶつ》かまじないのように唱《とな》えていた。いまでも夜、眠りにつく前のわずかな時間に、セキモトの声が聞こえることがある。ユリユリユリユリユリユリユリユリユリ……」

「ここでいいですか」タクシーの運転手が言った。ダンキンドーナツの前だった。

「いい。ありがとう」桔梗はそう言いながらバッグから財布を出し、タクシー代を払おうとしていた。我にかえった一条は、ズボンのポケットに直《じか》に入れていた五千円札を出して運転手に渡し、釣りを受け取ってまた直にポケットに入れた。

「ジョー、奥さんは？」桔梗は、ドーナツの中央の穴をみつめながら聞いた。

「いないよ」一条は、ドーナツを二つに割りながら答えた。

深夜のダンキンドーナツは客が多かった。冷房がかなりきいていた。二人は店の中央の二人席の小さなテーブルをはさんで話した。

「いないの？」桔梗は顔を上げて一条を見た。

「離婚したの。四年前」一条はそう言って半分に割ったドーナツをかじった。

「かわいそう」桔梗はリング型のドーナツを割らずにそのまま小さくかじった。

「かわいそうだったのは奥さんのほう。僕が仕事ばかりで、彼女をちゃんと見ていなかった。不安や不満がたくさんあることに気づいて上げられなかった」

彼女は子どもが欲しくてたまらなかった。しかし、一条との間には出来なかった。

「でもよかったんだ。他の男が現れてね、彼女と結婚したいと言ってきた」

「よかったの？　ジョー、奥さんを取られちゃったんでしょ」

「よかったよ。今はそのだんなさんとの間に子どもが出来て、元気に暮らしている。双子なんだ。子育てに大忙しだよ。僕のことなんか忘れてしまっただろう」

本当によかったと思っている。

離婚後、空虚《くうきょ》な気持ちでふらふらと本郷を歩いている時、東大時代の友人と出会った。その男もふらふらしていた。十年以上会っていなかったのに、すっと吸いつけられるように彼を認識したのは、何か通じあうものがあったからかもしれない。

その友人は有名な商社に就職し、海外を飛び回っていた。商社マンになってすぐに結婚した妻は、彼が外国に行っている間、趣味の刺繍《ししゅう》をしたり、女子大時代の友人と遊びに行ったりしていたし、経済的には恵まれている状況だったから、特に心配はないと思っていた。

しかし、その妻が死んだのだ。ある早朝、マンションの十階の踊り場から飛び降りて。

一年以上、不眠症《ふみんしょう》で通院していた。医者は乞《こ》われれば簡単に睡眠薬《すいみんやく》を出す。睡眠薬の飲みすぎは、理性の柵《さく》を壊す。彼女は踊り場の柵を越えてしまった。

「睡眠薬を飲んでいたことは知っていたんだ。でも、医者が処方《しょほう》してくれた薬だし、特に問題は無いだろうと思って、それ以上考えなかった」

彼は一条と入った喫茶店で、ずっと下を向いていた。

「俺が外国で仕事をしていた昼間、日本は夜中だった。彼女が眠れなくて、刺繍をし続け、それにも疲れて、睡眠薬を飲んでいた時、俺は仕事のことばかり考えていた。それが、同時刻に行われていたんだ。

彼女は俺の一部だった。俺が見なければならない一面だった」

睡眠薬は、飲んでから効くまでの時間がこわい。自分でも想定外《そうていがい》の行動をとってしまうことがあるのだ。

映画「ローマの休日」でオードリー・ヘプバーンが演じたアン王女も、公式訪問続きの息が詰まりそうな日程で情緒《じょうちょ》不安定になり、主治医《しゅじい》に睡眠効果のある薬を注射されて、その直後に宿泊中の城を抜け出すという設定になっている。そして、抜け出したあと、薬が効きだして道端で眠っているところを、グレゴリー・ペック演じる新聞記者「ジョー・ブラッドリー」に拾《ひろ》われ、彼のアパートに保護されるのだ。

睡眠薬や精神安定剤の類《たぐい》は、効くまでの時間があぶない。何か起きた時に対応してやる者がいない状況下の人間に与えると、思わぬ悲劇が起ることがある。

このことを、ほとんどの医者は教えてくれない。

アン王女は、ハンサムな新聞記者にみつけられて助かった。映画だから。

「あの男が現れなければ、彼女は僕の友だちの奥さんのように、壊れていたかもしれない。高いところから見ていた出雲の神様が、救って下さったんだ」一条はそう言って、ドーナツの片割れを飲み込んだ。

「出雲の神様？」桔梗はホットミルクのカップを両手で持って一条の目を見た。

「僕、出雲の出身なの。男女の縁は、出雲の神様が采配《さいはい》して下さってるんだって言われて育ったよ」

「出雲の神様って、因幡《いなば》の白ウサちゃんを助けてくれた神様でしょう」桔梗は、大きな目を光らせて言った。

「そう。治療《ちりょう》の神様でもあるんだ。僕の父は十九歳で戦争に行って、中国でアメーバ赤痢とマラリアになって、半死《はんじに》で帰ってきたけど、出雲の神様のおかげで六十まで生きることが出来たって言って死んだよ。二年前」

一条は桔梗がタクシーの中で話した桔梗の祖父の物語が、一条の父の話と合致することを桔梗に伝えた。

「不思議だね」桔梗は、あまり不思議そうではなく、しかし力強く言った。

「不思議だ」一条は頷いた。

「ねえジョー」

「なに」

「奥さんがいなくて、セックスしたくなったらどうするの」

「自分でなんとかするよ」

「いま、なんとかしたい？」

「うん」

「桔梗がなんとかしてあげる」


ダンキンドーナツを出て、靖国通りを歩いた。風が強かった。

「きもちいい、あったかくて」と桔梗が言い、一条は桔梗の肩に手をまわした。

肩ひもだけのサンドレス姿の桔梗の肩は冷たかった。

「冷房が効きすぎていて、冷えちゃったね」そう言って一条は桔梗の肩を抱き寄せた。

「あの店、夜中もやってるでしょ。新宿で遊んで、終電に乗り遅れた子たちが、始発《しはつ》までの時間をつぶそうとやってくるの。そういう長居《ながい》をされないために、冷房ガンガン効かせてるみたい」

「このワンピースだけで、家から来たの?」一条は桔梗の薄い肩に自分の手のひらの熱が移るように密着《みっちゃく》させた。

「ううん。この服、ボレロがついてるんだけど、お店に忘れてきちゃった」

桔梗は、髪を風になびかせながらそう言った。

一輪の白い桔梗が燃えている

それから先、俺の記憶は断片的だ。

俺たちは新宿三丁目の宿に入った。ラブホテルではなく、門があって、小さな前庭の石畳《いしだたみ》の先に玄関がある日本風の旅館、つまり「連れ込み宿」だ。

「ジョー、かまきりがいる」

桔梗は、玄関の前の植え込みを見て言った。

「かまきり？」

「ほら。ここ」

桔梗が指差すところに、きみどり色のカマキリがいた。結構大きかった。

部屋に通され、年配の女が茶托《ちゃたく》にのった煎茶《せんちゃ》と、茶菓子を運んできた。包み紙にこけしの顔が描いてある細長いあられのようなもの。桔梗がそれを眺めていたのを覚えている。

「これ、食べる人いるかな」

俺がそう言うと、桔梗は笑った。

桔梗の太ももは白かった。小刻《こきざ》みに震えていた。

「ジョー、最近、あんまり眠っていないでしょう」桔梗はそう言って、俺の左手首に指をあてた。

「よくわかるね」

俺は、連続した眠りをあまりとっていなかった。移動の乗り物の中や、職場の昼休みの仮眠《かみん》などで自分をだましていた。

「ここを押すと眠れるよ」

桔梗はそうささやいて、俺の左手首の小指側、おやゆびの幅分、ひじ側に下がったところを、下から上に中指でさすってくれた。

桔梗の指、桔梗の白い指、やわらかい指……俺の記憶は、その部分を何度もリピートしてしまう。

　一輪の白い桔梗が燃えている

「『不思議』っていう曲知ってる？　ＲＣサクセションの」

桔梗はそんなことをつぶやいた。

「知らない」

「『フィール・ソー・バッド』[27]っていうアルバムに入ってるの」

「今度聴いてみるよ」

そんなことをささやきながら、桔梗を愛撫《あいぶ》したことは確かだ。

しかし、一条にははっきりしない。その夜、桔梗と男と女の関係を持ったのかどうか。

桔梗の指に左手首のツボをさすられて、一条は深い眠りに落ちていった。何年も忘れていた眠りだった。

眠りと現《うつつ》の境目のような状態で、一条はこう聞いた。

「桔梗、こわれるかもしれません。こわれたら、また組み立てて下さい」

目覚めたら桔梗はいなかった。

一条は一人で宿を出た。

それっきり、桔梗には会っていない。桔梗は店をやめてしまった。

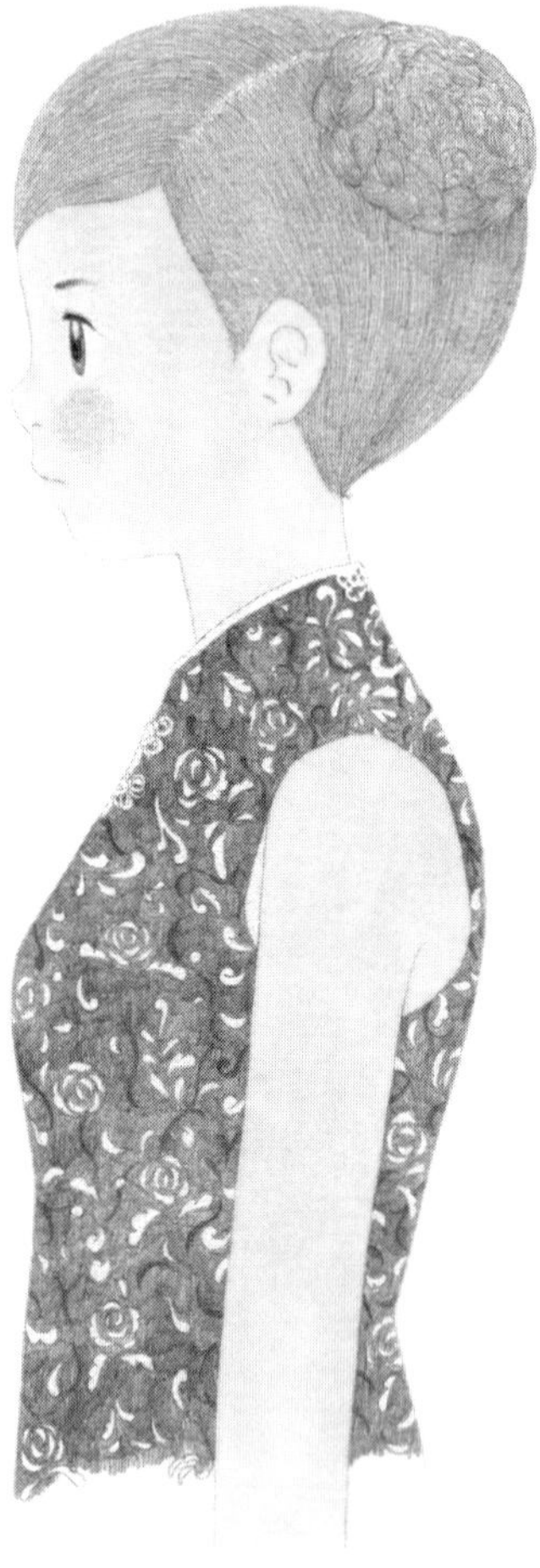

# 七

ルビーの指輪だった。桔梗ちゃんが私にくれたのは。

見覚《みおぼ》えがあった。桔梗ちゃんは、お店で、この指輪を右手の薬指にしていた。

「石は小さいけど、台がプラチナなの。マリモちゃん、ニッケルアレルギーだからプラチナしかできないって言ってたでしょ」

二十六年ぶりなのに、なんのためらいもなく、話が始まった。

「うん。お客さんからのプレゼントの銀の指輪を、桔梗ちゃんにあげたことがあったね」

「マリモちゃん、もてもてたじゃないの。いろいろプレゼントもらってた」

「それは桔梗ちゃんだよ」

私たちは、桔梗ちゃんが入院している病院の食堂で、私が持っていった苺《いちご》を置いたテーブルをはさんで対面していた。

桔梗ちゃんが鎌倉《かまくら》市内の病院に入院していることを知らせてくれたのは、去年、二〇一二年の十二月だった。横浜市戸塚区《よこはましとつかく》に住んでいる私に、クリスマスカードをくれたのだ。

一九八七年、銀座七丁目のあのクラブで一緒に働いたのは、約三ヶ月だ。私は一年くらい続けた気がするが、桔梗ちゃんは、すぐにやめてしまった。

「この指輪、おかあさんからもらったの。おかあさんもおかあさんからもらった」

桔梗ちゃんが、自分の祖母《そぼ》にあたる人を、「おばあちゃん」と呼ばず、「おかあさんのおかあさん」と表現するのは、「おばあちゃん」の年にならずに若くして亡くなったからだろう。「おかあさん」も「おかあさんのおかあさん」も二十代で亡くなったそうだ。それは銀座時代に聞いていた。

桔梗ちゃんは、おかあさんの亡くなったあと、孤児院《こじいん》のような場で育った。最後に世話になったのは、カトリック系団体の養護施設《ようごしせつ》だったが、それ以前にも、何ケ所か転々としたらしい。

あの店にやってきたのは、ママが奄美出身だったから。桔梗ちゃんのおかあさんは、子どもの頃、奄美に住んでいた。あの店のママの実家の「ご近所さん」だったのだ。

「子ども時代、特に仲良かったわけではないらしいのに、私が施設を出ていくつか仕事を変わったりしてることを知って、雇ってくれたの」

一九八七年のあの時点で、ママがどのようにして、同郷《どうきょう》の知り合いの娘である桔梗ちゃんのことを聞き、自分の店で雇おうとしたのか、詳しいことはわからない。

私があの店に入ったのは、「フロムエー」に求人広告が出ていたからだ。しばらく働いていたら、桔梗ちゃんがやってきた。

私たちは似ているとよく言われた。「姉妹《しまい》？」と聞かれたりもした。私が姉役だったが、実は私と桔梗ちゃんは同《おな》い年《どし》なのだ。一九六四年生まれ。私は八月、桔梗ちゃんは七月生まれだから、桔梗ちゃんのほうが一ヶ月お姉さんである。

でも、あの頃の桔梗ちゃんは、とても二十三歳には見えなかった。十八、九という感じだった。

二〇一三年五月のいま、桔梗ちゃんも私も四十八歳、もうすぐ四十九歳になろうとしている。でも、桔梗ちゃんはどうみても四十九の姿ではない。

「桔梗ちゃん、やっと二十三になった、って感じ」

私はそう言ってしまった。桔梗ちゃんは笑って頷いた。

髪が長かった。二つに分けてみつ編みにしていた。お下《さ》げにして胸の下まで来る長さだから、ほどいたら腰まであるかもしれない。真っ黒でつやのある髪だ。

あの当時から、桔梗ちゃんは黒髪の印象が強かった。私は栗《くり》色に染めていた。

「水商売の女はね、あまり『素《す》』じゃいけないのよ」とママは言った。髪を染め、化粧をし、爪はきれいに磨き、マニキュアをして、アクセサリーも何種かつける。自分の香りを決めて、香水とまではいかなくとも、オーデコロンや、その香りのシリーズのシャンプーやリンスなどを使う。そうやって、人工的に自分を「作る」。

「マリモちゃん、資生堂の『ばら園』を使ってたね。似合ってた」

「あれ、それほど高くなくていい香りだから。お客さんに『いいにおいするね』って言われた時、『資生堂のばら園シリーズ使ってるんです』とか言うと、プレゼントしてくれる人が結構いたの。自分で買った記憶ほとんど無い」

私はそう言いながら、あと三週間後だったら、いま私が戸塚の家で育てている香りのいいバラ、「レディ・エマ・ハミルトン」を切花《きりばな》にして持ってこれたのに、と思った。でも、病院に香りの強いバラは不似合いかもしれない。

「この髪ね、寄付しようと思って伸ばしてるの」桔梗ちゃんは、お下げをちょっと持ち上げて言った。

「寄付？」

「大阪にそういうＮＰＯ法人があるの。医療用のかつらをボランティアで提供しているところ。白血病《はっけつびょう》とか小児《しょうに》ガンなんかで、髪がなくて、かつらをつけたい人がいるでしょ。そういう人のかつらを作るために、髪の寄付を募《つの》ってる」

こんなことを話す桔梗ちゃんは、本当にまともだ。統合失調症《とうごうしっちょうしょう》で入院している「患者」だとは思えない。

この二十六年間、私と桔梗ちゃんの連絡が途絶《とだ》えなかったのは、とても微妙な糸でつながれていたからとしか言いようがない。

私は銀座時代に、住んでいたアパートの住所を桔梗ちゃんに教えたことがあった。その後すぐ、桔梗ちゃんは突然、店を辞めてしまったが、その年のクリスマスにカードをくれた。

どうしているかなどは、書かれていなかった。ただ「クリスマスおめでとう」というはがきに住所が書いてあったので、私は翌年「あけましておめでとう」の年賀状を送った。

それから桔梗クリスマスカードと、マリモ年賀状のやりとりで、お互いの住所だけは把握《はあく》しあっていたのだ。

桔梗ちゃんから何も来なかった年も何度かあった。その年に私も引っ越しをしたりして、もうお互いの位置が確認できなくなるかと思っていたら、引っ越した先に、桔梗ちゃんからのカードが転送されてきたりした。

二十六年。三ヶ月間、一緒にアルバイトしただけのつながりが切れなかった。

「かつらをひとつ作るのに、三十人分の髪の寄付が必要なんですって」桔梗ちゃんは、そう言いながら自分のみつ編みを指にからめた。

「いつ、寄付するの？」

「もうすぐ」桔梗ちゃんがそう言った時、食堂の窓から風が入ってきた。

「私は小さい頃、姉に髪を切ってもらって、切った髪は庭の夏みかんの木の根元に埋《う》めてた」私は言った。

「うん。髪は燃やさないほうがいいよね」

桔梗ちゃんはそう言い、私は胸がつまる思いがした。

「マリモちゃん、痩せたね」桔梗ちゃんは苺をつまみ、私にもすすめるように、皿を動かして言った。

「トシだもん」そう言って私も苺に手を伸ばした。

「甲状腺《こうじょうせん》？」桔梗ちゃんは苺を食べながら言った。

「よくわかるね」私も苺を口に入れて言った。首が隠れるように、スカーフを巻いていたのに。

「私のおかあさん、白血病で死んだんだけど、その前に、甲状腺がんが見つかってたの。それでそれを取っちゃったんだ。後悔してた。甲状腺ホルモンの薬、飲み続けなくちゃならないでしょ。『取るんじゃなかった』ってずっと言ってた。そのあとで、白血病になったの」

桔梗ちゃんは、ぱくぱくと苺を食べながら話した。

「おいしいね、これ」

「露地《ろじ》苺[28]だから」私は、ここ数年来、野菜を買っている藤沢《ふじさわ》市遠藤《えんどう》の生産者の直売所に寄って買ってきた苺をほめられてうれしくなり、

「土がいいんだよ。お父さんが牧場《ぼくじょう》やってた土地を畑にしたんだって」と、その畑のことを話した。桔梗ちゃんはおもしろそうに聞いていた。

苺が育った畑の話が一段落着くと桔梗ちゃんは言った。

「マリモちゃん、私のおかあさんに似てる」

そして苺を口に入れ、苺色に染まった右手の人差し指の先を、私の首に触れさせて言った。

「取らないで」

「取らない」私は頷いた。

二〇一〇年の七月に、甲状腺がんがみつかり、いくつか病院を回った。どこでも、「甲状腺ごと取りましょう」という診断を下《くだ》された。

しかし、いやだった。

私は子どもの頃、季節の変わり目などに、よく扁桃腺《へんとうせん》を腫《は》らした。

ひどい時は、左右の扁桃腺が真ん中でくっつくくらい、大きくなってしまう

のである。

そうすると、食べ物が喉を通らなくなる。ただでさえ貧血症だった私を心配した母は、大きな病院に相談に行った。そこの先生は「手術で扁桃腺を取りましょう」と言った。

「取ってしまえば、もう腫れることもない。簡単な手術だから」と言われて、一時《いちじ》はその気になった母だったが、何か不安を感じたらしく、もう一ヶ所、小さな開業医に私を連れていった。

「白やぎさん」のような顔をした老先生は、「何か理由があって腫れている扁桃腺をとってしまったら、どこか別の器官《きかん》にひずみが生じるだけだ」と言って取ることに反対した。母は結局、その先生の意見を聞き入れ、手術するのを見送った。

それから後《のち》も、何度も扁桃腺を腫らして、母を心配させた私だったが、成長するに従って、両扁桃腺が中央でくっつく程腫れることはなくなった。

「白やぎ先生」が登場してくれてよかった。子どもに治療は選べない。

転移《てんい》するおそれがあるので、甲状腺ごとがんを取りましょうと、ことごとく診断を下された時、私は四十年前の「白やぎさん」の言葉を思い出した。

からだは全体なんだ、全てつながっているんだ、症状のあらわれた器官をとってしまえば終わりというものではない。

「ねえ桔梗ちゃん、なんで入院してるの？　とても元気そうだし、ふつうに見えるよ」私は言った。

「うん。ひとつのことを除けばね」桔梗ちゃんは、自分のみつ編みをみつめながら言った。

「燃やしそうになったの」

「何を？」

「自分を。それで精神障害者《せいしんしょうがいしゃ》に認定されちゃった」

一輪の白い桔梗が燃えている

桔梗ちゃんが統合失調症の診断を受けたのは、一九八六年五月、二十一歳の時。その頃は「精神分裂病《ぶんれつびょう》」と呼ばれる病気だった。

病名がついたからといって、それまでと変わったわけじゃない、と桔梗ちゃんは言い、それは私にも理解できた。

桔梗ちゃんの主たる「病状《びょうじょう》」は「幻聴《げんちょう》」だ。頭の中でいろいろな声が聞こえる。でも、これは多くの人にあることなのではないだろうか。

「クイズ百人に聞きました」のように、「あなたは頭の中で声が聞こえることがありますか」などという無作為抽出《むさくいちゅうしゅつ》による調査をした人はいない。こういうことは誰にもわからない。

私がそう言うと、桔梗ちゃんは頷き、

「誰にもわからないこと、たくさんあるよね。いま、この世にかまきりが何匹いるかとか」と言った。

「虫には戸籍《こせき》も住民票も無いもんね」

「ツバメも、イルカにもね」桔梗ちゃんはそう言って窓のほうを見た。

「私、あれさえ無ければ、自分は『病気』じゃない、って言える」

桔梗ちゃんは「病状」の程度に変化をみながら、この病気と共に生きてきた。

銀座で働き始めたのは、ほぼよくなったのではないかと、医師から言われていた時期。

「発病」に至ったいきさつを、桔梗ちゃんは詳しくは話してくれなかったが、当時、一緒に暮らしていた男性に、病院に連れて行かれたらしい。

「そこで『精神分裂病』と診断されて、『睡眠療法』を受けたの」

ひたすら眠らされる療法なのだそうだ。食事その他の、必要最小限の行為以外の時間は、全て、薬によって眠らされる。

「この世からちょっと、外《はず》れてなさい、って感じだね」と桔梗ちゃんは笑った。

「反則ボックスに入れられたスヌーピーみたい」

そして、三ケ月ほどひたすら眠らされ、「幻聴は消えた」と診断され、桔梗ちゃんは退院した。

「脚が萎《な》えちゃって……。ずっと寝ていると、脚と心臓が弱るよ」

彼女を病院に連れていった男性と、退院後もしばらく鎌倉市内の文化住宅で暮らしながら、桔梗ちゃんは湘南の海岸沿いや、逗子《ずし》の方面までも、てくてくと歩いて脚の力を取り戻したそうだ。

「彼は工場に勤めていたから、朝早く家を出るの。そうしたら私もリュックに水筒《すいとう》のお茶とおにぎりを入れて、『ひとり歩こう会』に出発」

## 八

桔梗ちゃんは、

「ニードの引力《いんりょく》」という言葉を使った。

自分が必要（need）とされている「場」に行くのだ。

「愛ってわからない。必要があるだけ」

その「必要」は、人の場合もあるし、動物や植物、そして「場所」の場合もある。何かが桔梗ちゃんの力を待っているのである。

退院後の脚力《きゃくりょく》のリハビリという口実をもって、桔梗ちゃんは主に鎌倉近辺、北鎌倉や藤沢、逗子《ずし》などを歩きまわったが、行きは、「自分の考え」は浮かんでこないのだという。ただ、何かの引力が自分を引っ張ってくれるので、それに素直に従って、てくてくと歩く。のどが渇《かわ》けば持参《じさん》の水筒のお茶を飲み、おなかが空けばおにぎりを食べる。

北鎌倉の円覚寺《えんがくじ》、鎌倉霊園《れいえん》、長谷《はせ》の鎌倉文学館、逗子マリーナなどへと歩いたそうだが、ある場所に着くと、「あ、今日はここか」とわかるらしい。

つまり、本日、ここまで歩いてきたのは、ここの（これの）引力によるものだったのか、と。

鎌倉文学館には、バラ園がある。十月のバラの季節にそこにたどり着いた桔梗ちゃんは、「アイスバーグ」という白いバラをみて、「この引力だったんだ」と納得した。

そのときカチリと音がする
そうだ。

その「カチリ」を聞いたら、その日はおしまい。帰りはいろいろ考えながら歩く。晩ご飯《はん》なににしようかな、とか。

「なぜ、それは、桔梗ちゃんを引っ張るのかな」私は言った。

「それはもう、私には考えられない」桔梗ちゃんは言った。

「私のカンカツじゃない」そう言って笑った。

「マリモちゃんが考えてよ。これから」


そうやって、「ニードの引力鎌倉時代」のあと、桔梗ちゃんは東京に出てきた。杉並区天沼に住み、銀座七丁目のクラブで働き始めた。

そして、私マリモと出会った。

鎌倉の文化住宅で同棲《どうせい》していた工場勤めの彼とは別れた。それは病院に連れていかれたからではない。ロックバンドをやっていて、デビューを目指していた彼の、

「ギターがヘタで、逃げ出した」のだ。まっとうな理由である。

銀座で働きながら迎えた二十三歳の誕生日の十日後、桔梗ちゃんはお店にお客さんとして来た男性と、新宿三丁目にある連れ込み宿に行った。そして、その旅館の庭の植え込みの中で、きれいなかまきりを見た。

そのときカチリと音がした
そして、桔梗ちゃんはその晩以来、銀座のクラブ勤めを辞めてしまった。

銀座勤めはこのかまきりの引力だったのだ、と納得したからだ。

その後、赤坂《あかさか》でもホステスをした。テレビ局の近くで、放送関係者のお客さんの多い店だった。

そして、赤坂時代に、また分裂症（統合失調症）の症状のために入院した。

一九九一年二月から、こんどはかなり長く入院したらしい。

「私はその前の年に結婚して大阪に住んでた」私は言った。

「年賀状くれたね。東淀川《ひがしよどがわ》から」

「よくおぼえてるね」

「ローズってつく名前のマンション名だったでしょ。バラつながり」桔梗ちゃんは、少しおちつかない様子になりながら言った。

「いまも、そのだんなさまと戸塚で暮らしてるんでしょ？」

「うん。無農薬で育ててるバラの虫とってくれる」

「『テデトール』[29]ってやつね」

「そう、それが一番」

「よかった」

「うん……。子どもは出来なかったけど」

「私、マリモちゃんはいいおかあさんになるタイプだと思ってた」

「私も」そう言って二人で笑った。

「まあ、子どもは授《さず》かりものだよ。よく『子作り』とかいうけど、作ってるつもりなだけで、結局授かるものだよね。授からなかったら、それなりに生きるだけ」私がそう言うと、

「私は産んだの。女の子」

桔梗ちゃんは、私の目を真っすぐに見て言った。

「いつ？」

「一九八八年の五月」

「そう」

「だから、彼女はいま、二五歳。ドイツのケルン市に住んでるんですって」

ですって、という言葉で、私は大体の事情を察した。

銀座の店を辞め、赤坂のテレビ局近くのクラブで働き始めて間もなく、桔梗ちゃんは妊娠を自覚した。

堕胎《だたい》することは全く考えなかった。

子どもの父親である男性に相談しようとも思わなかった。

桔梗ちゃんは、少女時代を過ごしたカトリック系の孤児院で世話になったシスターに相談しにいったのである。

「私がそこに入所したのは、十三歳なんだけど、その時、修練生《しゅうれんせい》としてお入りになったばかりの若いシスターが私によくして下さったの」

桔梗ちゃんは、そのシスターを慕《した》った。

「憧《あこが》れてた。かわいい人。やわらかくて、優しくて、声もすごく好きだった。秋吉久美子にそっくり」桔梗ちゃんは、うっとりと目を宙にうかせて言った。

「施設ではテレビも映画も見なかったから、似てると知ったのは出てからだけど。初めて一人で映画館に入って見た映画が『バージンブルース』。入れ替えの時、外に出ないで、三回続けて見ちゃったくらい、驚いたよ」

「うん、あれは名作だよね」私は頷いた。

「私をとてもかわいがって下さって、その孤児院を出る時も、『なにかあったらいつでも相談してね』っておっしゃった。それで相談しにいったの」

「そう」私は相づちを打って、桔梗ちゃんの話の続きを待った。

「素直でしょ」桔梗ちゃんは言った。

「うん」

「『なにかあったらいつでも相談してね』って言ってくれた人、他になかったもの。彼女に相談するしかないのです」桔梗ちゃんは、すっと背筋を伸ばして、澄《す》んだ声で言った。

秋吉久美子似のシスターは、

「相談して下さってありがとう。大変、励まされます」と桔梗ちゃんの手を握ってくれた。そして、

「私にまかせて下さい。生まれてくる子が、神様のお導きに沿うようにお手伝いさせて頂きます」と言った。

桔梗ちゃんは、信頼するシスターに全てをまかせ、その結果、生後間もない女の赤ちゃんは、里子《さとご》(30)に出されたのだ。

「『がんばってシングルマザーとして育てましょう』って言ってもらえるか

も、っていう気持ちも少しあった。私のおかあさんも、そのおかあさんもそうだったんだし」桔梗ちゃんはうつむいて、苺のヘタをゆっくりとむしり取りながら言ったが、顔を上げると、

「でも、それでよかったの。三年後に、あれだけ長い入院をすることになった時、そうわかった」と言った。

「子どもの三歳って、一番、目が離せない時でしょ。その時に、母親が分裂病で長期入院して、子どもをどうしようかって、福祉事務所だの児童相談所だのを連れまわすはめになったかと思うと」

赤ん坊を里子に出し、桔梗ちゃんは、また赤坂のクラブでホステスをした。それから、飯田橋《いいだばし》の病院に長期入院するのである。

奇妙《きみょう》なことが起った。お店のお客さんだった人たちが、桔梗ちゃんが分裂病で入院していることを知り、見舞いと称して病院を訪れ、桔梗ちゃん相手にいろいろなことを語りだしたのである。

テレビのプロデューサー、コピーライター。週刊誌のライターもいた。

「週刊誌の記者はあぶなかった。いつ、ビルからピョンするか、って感じ」

彼は芸能ゴシップ欄《らん》を担当していた。次から次に「大衆《たいしゅう》が面白がって読みそうなこと」を書く毎日。

「そうなこと」にこの身をのっとられているんだ。こんな仕事、いやでいやでいやでいやでたまらないのに、やめられない。なぜだろう、桔梗ちゃん、俺はこんなことをするために生まれてきたんじゃない、そう言って泣く記者の肩を、桔梗ちゃんがもんであげたりした。

「一体、誰がどう、病気なのか、わからないよね」

その長い入院生活のあと、桔梗ちゃんは、市谷《いちがや》(31)にある日本育英会《いくえいかい》(32)の食堂でアルバイトをした。

そしてそこで知り合った男性と結婚して、神戸市長田区《こうべしながたく》で暮らすことになる。

「爆弾騒ぎの日に知り合ったの」

日本育英会に、

「時限《じげん》爆弾を仕掛けた」という予告電話が入ったのである。

「貧乏学生を支援《しえん》する団体に、爆弾を仕掛けるテロリストがいるだろうか」と、多くの人がいぶかったが、

「隣のJICA《ジャイカ》[33]と間違えて仕掛けたのかもしれないし」と、全員、建物外に出され、警視庁の爆発物処理班《しょりはん》がやってきた。

食堂のアルバイト従業員である桔梗ちゃんは、今日はもう帰っていいと言われた。早退にはせずに、いつもどおりの時間をつけていいというのである。

「育英会って、優しい団体だったよ。食堂も安くて大盛りで」

ちょっと得をしたような気持ちで、外から爆発物処理班の人たちをぼんやり眺めていた桔梗ちゃんの横で、やはりぼんやりと、日本育英会の建物を眺めていた若い男性がいた。

「今日はもう、だめですかね」と彼は言った。

「もう仕事にならないから帰っていいと言われました」と桔梗ちゃんは言った。

「育英会の人ですか」彼は聞いた。

「食堂のアルバイトです」桔梗ちゃんは答えた。

彼は「奨学金返還期限猶予《しょうがくきんへんかんきげんゆうよ》[34]」申請の事情を話しに、育英会を訪れたのだった。

「奨学金って、無断《むだん》で踏《ふ》み倒《たお》す[35]人たくさんいるのよ。それをきちんと、返せない事情を説明しに来るようなまじめな人だったの」

彼の実家は神戸市長田区にある靴工場だった。

工場といっても、その時の社員は社長である彼のお父さんと彼だけ。

元々その工場は、亡くなった彼のお母さんが父親から継いだ家業だったのだが、母方の親戚は少なく、お母さんが亡くなったあと、彼のお父さんが社長になった。

一人息子である彼は、家内工業的靴屋をきちんと会社として運営しようと考え、日本育英会の奨学金を得て、東京の大学の商学部を卒業した。そして神戸に帰って、お父さんと二人で靴を作って商売していたのだが、バブル景気が崩壊《ほうかい》して平成不況といわれる時代になり、個人消費は低迷《ていめい》し、靴は売れず、材料費の調達《ちょうたつ》もできず、銀行は金を貸してくれず、しかし、家と工場は彼のお父さんの名義なので税金は納めなくてはならず、本当に、

「現金というものが限りなくゼロに近い」暮らしをしていたのだった。

その日、上京するための夜行《やこう》バス代も、彼のお母さんの形見《かたみ》である真珠《しんじゅ》のネックレスを質《しち》に入れてこしらえたものだった。用事が済んだら、また夜行バスで帰るつもりだったので、東京での宿泊費も持っていなかった。

「爆破《ばくは》予告はきっといたずら電話でしょうから、明日また来てみたら？」桔梗ちゃんは彼にそうすすめ、その晩、彼を自分のアパートに泊めてあげた。

そして、彼は桔梗ちゃんを連れて神戸市長田区に帰ることになる。

「桔梗と帰郷《ききょう》、呼ばれて飛び出てジャジャジャジャーン」(36)

そう言って東京から帰ってきた息子とその新妻《にいづま》を、彼のお父さんは快く迎えてくれた。

「着いたその日に、たんぽぽコーヒーをいれて歓迎してくれたの。たんぽぽコーヒー三々九度《さんさんくど》、って」

「たんぽぽコーヒーって、自然食ショップなんかで売られてるあれ？」私は言った。

「そう。でももちろん、買ったものじゃないの。そのへんの雑草のたんぽぽを抜いてきて、根っこを洗って天日で干して、こまかく刻んで鉄鍋で炒って煮出すの。ほんとうに、ほろ苦くて香《こう》ばしい、コーヒー風の飲み物になるのよ。そういうことをするお父さんだった」

お母さんが生きていた頃はお母さんが靴工場の社長で、お父さんは「特に何もしていなかった」。

靴工場の従業員でもなく、他の仕事をしていたわけでもなかった。

「主夫《しゅふ》だったの？」と私が聞くと、

「家事はお母さんも結構やる人だったらしいから、そうとも言えない。お父さんは『行者《ぎょうじゃ》』だったの」と桔梗ちゃんは言った。

「行者」

「そう。ヨガの」

お父さんは、彼が物心《ものごころ》ついた時すでに「行者」で、毎日ヨガと冥想《めいそう》をし、たんぽぽの根やびわの葉を煎じたり、小さな木造の家の狭い中庭に植えてある庭木の世話をしたり、そこに飛んでくる野鳥《やちょう》と遊んだりしていたのだそうだ。

だから、靴業界のことも知らないし、経営にもうとい。そんなお父さんが社長になったのだから、まず、儲からない。近所の人の靴修理をして、日銭《ひぜに》を稼いでいる状況だった。

「私がお嫁にいったとき、本当に、お金というものが全くない家で、お米もお味噌もなかったよ。でも、庭のキウイが豊作《ほうさく》でね。キウイは食べ放題なの。

完熟《かんじゅく》するまで枝につけておいたキウイはおいしかった」

キウイはたんぱく質分解《ぶんかい》酵素《こうそ》が豊富だし、たんぽぽコーヒーは利尿《りにょう》作用がある。お金がなくて、そんな食品でなんとか暮らしていると、快便《かいべん》・快尿《かいにょう》ぶりが著《いちじる》しく、体内が浄化《じょうか》されて、とても軽くなったそうだ。

「でもやっぱり、正月の餅くらいは買わなくちゃって思って、私が近所のパン屋で早朝バイトを始めてね」

開店前のパン屋でパンを切ったり、陳列《ちんれつ》したり、注文品をそろえたりするパートで月五万円くらいは桔梗ちゃんが稼ぎ、夫婦とその舅《しゅうと》で暮らす日々は楽しかった。

「食パン一本って、三斤分の長さなんだけど、スライスすると、両端が生じるでしょ。それは売らないの。そのパンの両端をもらってきて、フレンチトースト[37]作ったら『こんなうまいもの食べたことない』って、親子で同じ顔してほめてくれるのよ。

私のバイト代が入ると、元町《もとまち》[38]の『丸玉《まるたま》食堂』[39]に行って、台湾《たいわん》料理を食べた。あと、南京町《なんきんまち》[40]の『老祥記《ろうしょうき》』の豚まんをたくさん買ったりね」

# 九

一九九五年の正月、桔梗ちゃんの歯が存在を主張しだした。

右上の親知《おやし》らず[41]が、隣の奥歯を押している痛みによってである。

「二十代の頃、左の親知らずは抜いたんだけど、右のはややこしいはえ方をしているから、泊りがけの切開《せっかい》手術になるっていわれて抜かなかったの」

歯というのは、成人してからも微妙に動くのか、桔梗ちゃんの右上親知らずは、二十代の頃痛み出したが抜かずにおいておいたら、いつの間にか痛くなくなって、それまで忘れていた。それがまた、痛くなってきた。

また放っておけば痛みは消えるだろう、と「知らんぷり」をしていた桔梗ちゃんだったが、行者のお父さんが、歯医者に行くことをすすめた。

それで近所の歯医者に行ったら、やはり入院手術になると言って、その先生の出身校である東京医科歯科大[42]へ紹介状を書いてくれた。

お金が全く無かったら行かなかったが、桔梗ちゃんのパート代で、なんとかなりそうだったので、一人で上京することにした。

夜行バスで神戸から東京に行く。そして、着いたその日に手術を受けて一晩入院し、翌日また、夜行バスで神戸に帰るという日程だった。

平成七年一月十六日の夜、桔梗ちゃんは神戸からバスに乗った。そして、間もなく車中で眠りについた。

東京に着いて、阪神の地震のことを知った。

「神戸が燃えてた。真っ赤《か》だった[43]」

早朝に入った喫茶店のテレビで、地震による火事で燃え続ける長田区のニュース映像を見て、桔梗ちゃんは医科歯科大に行くのをやめた。

帰りのバス代に病院代として持ってきたお金を合わせれば、新幹線の切符が買える。すぐに長田区に帰ろうと思ったとき、行者のお父さんが目の前に現れた。

桔梗ちゃん、しばらく東京にいなさい。

お父さんはそう言った。

お父ちゃんも息子もボロ家《や》の下敷きになって即死や。家は燃えた。神戸に帰るところはない。

わたしは、前から半分あの世のもんやったからいい。

息子がまだ、死を受け入れられずにさまよっている。

桔梗ちゃん、東京で、息子を供養《くよう》してやってくれ。

お父さんは喫茶店の向かいの席に座って、静かにそう話した。

それから、桔梗ちゃんがお嫁にいく前に亡くなった姑であるお母さんも出てきた。そして、お父さんの隣で、うんうんと頷いていた。

桔梗ちゃんのフレンチトースト食べたいな、って、きのうも息子は言ってたで。優しくて、あったかい食べ物や、ってな。

お父さんがそう言って、二人は去った。

それからまた、桔梗ちゃんは入院生活を送ることになる。

喫茶店で、行者のお父さんとその横にいるお母さんと会話している桔梗ちゃんを見た店主が「ただならぬ雰囲気」と感じて、警察を呼んだのである。桔梗ちゃんは保護された。

そして分裂病歴などがわかり、「震災のショックで、病気が再発した」という診断を受け、今度は横浜市内の病院に入院した。

「東京で供養してやってくれ、ってお父さんは言ったけど、関西の人って、東京近郊の神奈川や千葉まで『東京』って呼ぶもんね」と、桔梗ちゃんは笑った。

彼の供養に七年かかった。

「死んでから思い出した」のだが、彼は前世《ぜんせ》でチベット人だった。壁画《へきが》を描く仕事の修行中に、遊牧民《ゆうぼくみん》の娘である桔梗ちゃんと恋におちたが、身分違いで結婚できなかった。

「それで、生まれ変わって一緒になりたいと願ったら、日本人として出会えたのに」

今度は自然災害による離別となり、納得がいかないのだった。

桔梗ちゃんは、そういう彼と、七年間一緒にいてあげたのである。

桔梗ちゃんだけに見える彼と普通に会話することが、他の人からは「分裂病の症状」としてとらえられていることはわかっていた。

「でもよかったの。彼の供養が出来ればそれで」。

桔梗ちゃんの分裂病歴は、彼の供養のために、有利に働いたといえる。

彼は桔梗ちゃんに本を読んでもらうのが好きだった。

サカリアス・トペリウスの「星のひとみ」[44]がお気に入りで、これは桔梗ちゃんのカトリック孤児院時代に、秋吉久美子似のシスターからクリスマスプレゼントとして贈られたものである。

トペリウスは「フィンランドのアンデルセン」といわれる作家で、アンデルセン童話が好きで繰り返し読んでいた桔梗ちゃんが好きだろうと、ピンクのおリボンをかけて、クリスマスの朝、枕元に置いて下さった。それ以来、桔梗ちゃんが三百回以上読んでいる愛読書なのである。

あるクリスマス前夜、フィンランドの雪山に、小さなあかんぼが一人、よこたわっている。ラップ人夫婦が、その子を抱いてトナカイのひくそりで旅をする途中、オオカミの大群《たいぐん》におそわれて、そりがはげしくゆれ、落としてしまったのである。母親はそりをひくトナカイをとめようとするが、オオカミをおそれたトナカイは止まらず、子どもを落としたまま、なすすべもなく遠ざかってしまう。

その女の子は、フィンランド人のお百姓《ひゃくしょう》夫婦に拾《ひろ》われ、エリーサベートと名付けられて、その家の三人の男の子たちを兄として育てられる。

エリーサベートは髪が黒く、目が茶色だった。雪山で落とされた際に、星の光がこの子の目の中にやどってしまったので、星のようにひとみが輝く。それで「星のひとみ」と呼ばれるようになる。

星のひとみは人の心がわかったり、他の人にみえないものがみえたりするような言動をあらわし、お百姓のおかみさんにだんだん不気味がられるようになる。そしてあるじが旅で留守にしている間に、地下のあなぐらにとじこめられてしまう。

それでも、星のひとみは、地下のあなぐらの中で、居間にいるおかみさんや子どもたちの様子を描写《びょうしゃ》する歌をうたう。あなぐらにとじ込められても、外の光景がみえるのである。おかみさんは星のひとみを「おそろしいまほうつかいの子」と言い、それに同調した隣のおかみさんにそそのかされて、拾った日からちょうど三年経ったクリスマス前夜に雪山に放置してしまう。

あるじが帰ってきて、それを聞いて激怒《げきど》し、捨てられた場所に捜しにいくが、そこにはもう星のひとみはいない。

「かわいそうなみなしご物語なんだけど、不思議とかなしくないの」と桔梗ちゃんは言った。

「星のひとみはきっとまた誰かに拾われて、どこかにいるんだって思える終わり方だから」。

二〇〇一年のクリスマス前夜、桔梗ちゃんは、入院している病院の食堂の隅で、彼にこの本を読んであげていた。

彼は、星のひとみが地下のあなぐらにとじこめられながら、居間の人びとの様子を歌詞にして子もり歌をつくり、糸まきに歌ってやるシーンの、
糸まきちゃんは、ねんころり。

という一節㊺が大好きで、そこを聞くと、彼自身寝てしまうことも多かったのだという。

「死んだ人も眠るんだ」と私が言うと、

「そう。まだ半分、この世にいるわけだから」と桔梗ちゃんは言った。

その日も「糸まきちゃんは、ねんころり」で、彼は桔梗ちゃんにもたれて寝

いきをたて始め、桔梗ちゃんも急に眠くなって、食堂のいすで寝入ってしまった。

　すると二人は雪山にいた。

　空はいままで見たことがないほどの星の輝きで、桔梗ちゃんと彼は、二人で手をつなぎ、顔面を地面と平行にそらして、星をみつめていた。

　桔梗ちゃん、ありがとう。

　彼が言って、星空ではなく、桔梗ちゃんをみつめた。

　またな。

　彼はそう言って、桔梗ちゃんを抱きしめた。

　もう、いいの？　まだ、いてもいいんだよ。

　と桔梗ちゃんが言うと彼は、
　このたびの桔梗浴《よく》はもう足りた。

　と言って、立ったまま空に浮き上がり、どんどん上昇して去っていった。

　そして目がさめた。桔梗ちゃんは病院の食堂のいすに座っていて、彼はもういなかった。

「桔梗浴」私は繰り返した。

「そう、日光浴みたいなもの」

　桔梗ちゃんはそう言って、また苺の皿に手を伸ばした。

　翌年の二〇〇二年八月、「精神分裂病」は「統合失調症」と名前を変え、だからといって桔梗ちゃんが変わったわけではないが、なぜか退院して良いと言われた。

　それから桔梗ちゃんは、島根県《しまねけん》鹿足郡《かのあしぐん》津和野《つわの》に行った。ホームヘルパーをしていたらしい。

　津和野は桔梗ちゃんが信頼している秋吉久美子似のシスターの故郷で、そのつてがあって行ったそうだが、桔梗ちゃんはそこでも「ニードの引力」に従って、あちこちを歩き、「カチリ」という音を聞いたことだろう。

　しかし私は、桔梗ちゃんの「ニードの引力津和野編」を聞くことが出来なかった。そして、桔梗ちゃんがちらりと言った「自分を燃やしそうになった」話も。

## 一輪の白い桔梗が燃えている

藤沢市遠藤産の露地苺を持ってお見舞いに行ったその日、桔梗ちゃんの話が津和野にさしかかったところで、私たちがいた食堂のスピーカーから、面会時間終了のアナウンスが流れた。精神神経科は、外部からの面会について制限が多いらしい。桔梗ちゃんは急いで自分の右手薬指からプラチナ台のルビーの指輪を抜くと、私の右手をとって、薬指にはめてくれた。

「ちょっとゆるいね」桔梗ちゃんは言った。

「マリモちゃんが、銀座でお客さんにもらった銀の指輪を私にくれた時、ちょうどよかったから、これもちょうどかな、と思ったんだけど」

「京都の姉に、サイズ直し頼んでみる。ジュエリーの仕事してるから」

私はそう言って、ゆるい指輪の小さなルビーが上にくるように回してみた。

「またね」

私がそう言って立ち上がった時、窓から風が吹き込んできた。看護士さんが窓を大きくあけて、手に持ったアルミのトレイのようなもので、空中をあおいでいる。

「蜂《はち》が入っちゃって」

女性の看護士さんは、蜂を外に出そうと、窓にむけてトレイであおぐのだが、蜂は逆に、食堂の中へ中へと入っていこうとする。

「こんなに大きく窓があいているのに、見えないのかしら」看護士さんは私のほうをみて、少し笑った。

「私たちもあの蜂」

桔梗ちゃんが宙をみてそうつぶやいたのを私は忘れない。

それから桔梗ちゃんは病院の玄関外まで私を送ってくれた。

「風がつよいね」桔梗ちゃんは、水色に白い水玉模様の木綿のワンピースと、長いお下げに編んだ髪のほつれ毛をなびかせながら言った。どう見ても四十八歳の姿ではない。私は桔梗ちゃんをしばらくみつめた。桔梗ちゃんも私を見た。私たちはみつめあった。

「あなたもにじゅうさん」私は思わず歌ってしまった。秋吉久美子主演の映画「バージンブルース」の主題歌である野坂昭如《のさかあきゆき》の「バージンブルース」の替え歌である。

　銀座七丁目のミニクラブで一緒に働いていた一九八七年七月、桔梗ちゃんは二十三、私も間もなく二十三になろうとしていたが、桔梗ちゃんは十代にしか見えず、年を聞かれて「にじゅうさん」と答えると、よくお客さんに「本当？」と疑われた。そういう時は私がフォロー役で、この替え歌を歌って場を盛り上げたのだ。

「あなたもにじゅうさん」

「わたしもにじゅうさん」

　二人の声はひとつになった。

「にじゅうさんブルース」


　桔梗ちゃんは交通事故で亡くなった。私が面会に行った三日後である。

　病院の向かいに果物屋があって、そこに何かを買いにいこうとしたらしい。お財布だけが入った小さな手提げ袋を持って、その店から五メートルほど離れたところにある横断歩道を渡っている時、信号無視の車にはねられたのだ。

運転者は六十代の男性だったが、「みえなかった」と言い張ったそうだ。横断歩道を渡っている桔梗ちゃんが。

しかし、信号は歩行者側で青だった。百パーセント運転者の過失である。

桔梗ちゃんは、白いワンピース姿で車にあたり、

「ポンと人形にようにとんで」

道路の端に落ちた。死因はその際のショックによる心臓停止。すぐに病院に運ばれて、蘇生術《そせいじゅつ》をほどこされたが、効果はなかった。元気そうにみえたが、心臓が弱っていたらしい。

事故の目撃者《もくげきしゃ》がいた。病院のお掃除をしていた女性である。

また、蜂が病院内に入っていたのだった。彼女は、それを外に出そうと二階の廊下《ろうか》の窓をあけた。蜂は素直に窓の外に出てななめ下のほうへ飛んでいった。その蜂の行く先を彼女がみると、桔梗ちゃんが道を渡ろうとしており、携帯電話を使いながら運転する男の車が見え、彼女が「あぶない」と思うと同時に桔梗ちゃんはとんだ。

彼女はその病院の仕事を長く続けていたので、長期入院患者である桔梗ちゃ

んを知っていた。しかし、事故にあったのが桔梗ちゃんだと気がつくのに少し時間がかかった。

その時の桔梗ちゃんは長いお下げ髪がなくなり、あごの位置までのショートボブだったからである。

十

「一条さんの持ち時間は八分です。女性アナウンサーとの対話形式をとりますが、彼女は相づちを打つだけの役割です。一条さんが八分間で、なるべく多くの『環境問題と車』についての情報を発信して下さい」

二〇一四年四月。一条は、テレビの情報番組出演の打ち合わせのため、赤坂にあるテレビ局内にいた。

雑誌編集長の座を退いて約一年。

編集長時代に培《つちか》った人脈から原稿の依頼が来たり、自動車業界のイベントに呼ばれて対談をしたりなど、社会から「引退」した実感はない。

しかし、睡眠は多くとれるようになった。

何しろ「締め切り」という強迫がなくなったのだ。雑誌一冊「落とす」恐怖からみれば、依頼原稿の締め切りなどかわいいものだ。

「八分で何が話せるか、という見方もあるでしょう。しかし、主に若者が見る深夜の娯楽情報番組に、何かを『考える』きっかけとなるようなコーナーをつくりたいと、私が働きかけてワクを得ました」

五十代前半とみえる男性プロデューサー高橋《たかはし》は、テレビ局の広いフロアの一角を、ついたてで区切った打ち合わせ席で話し始めた。

「毎回、多様な分野からゲストを一名迎え、『考えのたたき台』のような情報を発信して頂きます。お呼びする方の重要な要素は『人間としての良識』に基づいて、いや、少なくとも『日本人としての良識』に基づいて語ってくださる方、特定の会社や団体との利害《りがい》関係を超えて話が出来る方、ということです。一条さんは雑誌編集長をお辞めになって、現在は自動車評論家でいらっしゃいますが、特にどこかの宣伝を頼まれたりすることはないお立場だと理解しています」

「そうです」一条は言った。

「いまの日本は問題が山積みです。環境問題、食糧、経済、戦争勃発《ぼっぱつ》の不安など、日本の危機を感じていない人はいないでしょう。しかし何をどうしたらいいかわからない。それでとりあえず目前《もくぜん》の仕事をして、家に帰り、テレビをみながら飯《めし》を食って、風呂に入って寝る。政治がダメだといって、政治家の悪口を言い、一時の憂《う》さを晴らして寝る。心の奥の得体《えたい》の知れないモヤモヤを、外国の悪口という形で吐き出し、おかしな高揚感を得て寝る。こういう『何も考えてない』日本人に『考える』世界に参加してもらわないと、日本は滅《ほろび》びます」

高橋プロデューサーは声がよかった。誰かの声に似ているな、と一条は思った。

「もちろん、必死で考えて、行動している人は間違いなくいます。しかし全然足りない。ひとりひとりが自分の頭で考えた結果としての行動の力が、その効果が、いまの日本には圧倒的に不足しています。無力感、ですね。何をしてもムダだ、ただ流されるだけ、と刹那《せつな》的な娯楽や快楽で、自分をだましている人が多すぎる。しかし、もうそんなことしていられる時代ではないでしょう。『誰かが考えてくれよ』『俺は難しいことはわかんねえ』『私、そういうこと知らないから』なんて言いながら死ぬのか、きみたち、ですよね」

「その通りです」一条は言った。

「しかし、そういう人たちに憤《いきどお》ってばかりで彼らのために何もしなければ、自分も彼らと同じだと私は思います」

「どうどうめぐり、だな」一条はつぶやいた。

「そう、『地獄とはどうどうめぐりとみつけたり』ですよ」

「誰の句ですか」一条は聞いた。

「私がつくりました。二十代の時です」高橋はそう言って、コーヒーを飲んだ。

「私は二十代の頃、出版社の社員でした。文学の出版に携わりたかったのに、くだらない週刊誌のゴシップ記者になってしまいましてね。いやでいやでいやでいやでたまらなかった」

彼は、向かい合って座る一条の隣に、もう一人誰かがいるように、その空間と一条の顔を交互に見ながら話した。

「やめればいいんですよ、やめればいいんです。でも、自分が何かに『作られている』状況から、自力で脱出するのは難しい。誰かの、何かの補助《ほじょ》がいるんです」一条は聞きながら、誰の声に似ているのか、考え続けていた。

「しかし、こういう状況の人間には危険があります。おかしなカルト集団や霊感商法などにねらわれますからね。一九八〇年代のバブル時のカルトもおぞましいものでしたが、二〇一一年の震災以降、また邪悪《じゃあく》なやつらがあちらこちらでわなをしかけています。ああいうのに引っかかったら、それこそ地獄のどうどうめぐりですよ」

「ああ、うちにも変な勧誘《かんゆう》が来ますよ。最近」編集部に出勤することがなくなり、家にいる時間が長くなってから気になりだした現象だ。

「すぐ救われる、すぐ病気が治る、すぐ金が入る、すぐ英語がしゃべれるようになる、すぐ痩せる、などなど、現代の日本人は『すぐ』にだまされたがっているんじゃないでしょうかね。すぐすぐすぐすぐすぐ」

「だまされたがっているというか……物事のプロセスを論理的に考える能力が育っていないのでしょう」

「その通りです」高橋プロデューサーの目が輝いた。

「プロセスをすっとばして『すぐ』何かがどうかなることはあり得ません。からみあった糸は、ひとつひとつ、ほぐしていくしかないんです。そして、その手段としては、人間どうしの対話と個人の思索《しさく》、これを徹底的にやるしかない」

高橋の熱《ねつ》っぽい語り口を聞いているうちに、一条の中で何かが呼び起こされてきた。そうだ、一九六八年の大学紛争の時代……暴力で争うことに抵抗をおぼえて場外《じょうがい》にいた自分……その時の無力感……自分と「世界」との関係……。

「私は四十を過ぎてから、万葉集《まんようしゅう》を読むようになりましてね。若い頃は現代小説がほとんどで、せいぜい明治時代までのものしか読みませんでしたが」高橋プロデューサーはまた、一条の隣に誰かがいるような目線になった。

「万葉の歌人たちには役人が多い。専門歌人じゃない役人たちが、何かの行事の際にお題を出されて披露《ひろう》した歌がたくさんあります。歌を詠《よ》むことは天皇からの命令に近いものである場合も多く、その際に歌が作れないというのは、恥ずべきこと、不名誉《ふめいよ》なことでした」

「そうでしょうね」一条もコーヒーを飲んだ。

「まあ、今でいうなら、会社の朝礼の際に、社長からいきなりスピーチを命じられるようなものですよ。普通あせりますよね。でも、万葉の歌人たちは、そういう際、多少の出来不出来はあったとしても、ちゃんと歌を作りました」

「日ごろから準備していたのでしょう」一条は言った。

「その通りです」高橋はポンと手を打った。人間のそんな動作を見たのは久しぶりで、一条は笑ってしまった。

「歌のお題をいろいろ想定し、常日頃《つねひごろ》から考えていたのです。例えば『桜』という題を出されたらこういう歌はどうだろう、『白馬《はくば》』というお題なら……と、日常の少しの余白で、いつも何か考えていた。実際にそういった行事で、歌を詠めと命じられるのは百人中二、三人だったりするのですが、そういう時のために準備をすることを怠《おこた》らなかった。思考のストック、ですね。これが現代の日本人には不足しています。行き当たりばったりなんです。それである時、頭の中がワーッとなって『すぐ』によろめく」

「つまりこの番組のコーナーも、その思考のストック生成のきっかけになるような『お題』想定の場であると」

「ご理解頂けて幸せです」高橋プロデューサーは頭を下げた。

「人は何を見て、何を読んで、誰に会って、道が開けるかわかりません。テレビからだって、そういう何かは発信できるはずです。その際の大事な要素は、損得勘定《そんとくかんじょう》抜きの何かであるということです。私は週刊誌のゴシップ記事を書いて頭がおかしくなった時、ある女性に救われました」彼の視線は、一条とその隣の空間を往復し続けている。

「当時の私はやさぐれた気持ちで、赤坂にある酒場に通っていましてね。そこでホステスとして働く若い女性に救われたんです。精神の病気を抱えた女性で……でもとてもかわいい人でした。目がきらきらしていて、髪が黒くて……あいうところで働く女性は、髪を染めていることが多いものですが、彼女はパーマもかけない素のままの髪でした」

一輪の白い桔梗が燃えている

「私は彼女に惹かれて、そのクラブに通うようになったのですが、ある時から姿が見えなくなりましてね、店のママに聞くと、彼女は精神分裂症で入院したというんです。私はその入院先を聞き出しまして、見舞いと称して病院に通い始めました」

「それは……」一条は言葉につまった。

「そうです、迷惑《めいわく》行為ですよ。本当に反省しています。ストーカーよりたちが悪いかもしれません。病人の入院先に迷惑かえりみずに押しかける男」高橋プロデューサーはまじめな顔で言った。

「しかし、驚いたのは、そんな迷惑男は私だけではなかったんです。店の客だった男たちがたくさん、彼女に会いに病院を訪れていた。話を聞いてもらいたかったからです。新宿高野《たかの》のケーキやフォーションのアップルティーなどの貢《みつ》ぎ物を持って、私たちは彼女を詣《もう》でました。彼女はその貢ぎ物を、周りの患者やナースたちに上げていましたが。彼女に会いにきていたのは放送関係者が多かったですね。プロデューサーやコピーライター、ディレクター。とにかく煮詰まっているやつがうじゃうじゃいた。そんな時、何かから、どこかから抜け出したい時、まず必要なことは、誰かに自分の話を聞いてもらうことです。どうどうめぐりから抜け出すのには、他者《たしゃ》の補助が必要である」彼の目は、ますますもうひとりの誰かを見つめ続ける。

「すごく単純なことです。しかし、今の日本社会では、その相手をみつけるのがむずかしい。カウンセリングも、高い金がかかるわりには、本当に話したいことを吐き出せる場でないところがほとんどです」

「それはわかります」一条は頷いた。

「彼女は私が出会った最高のカウンセラーでした。とにかくただただ聞いてくれるんです。何の利害感情も、下心もない。話の内容が誰かにもれる心配もない。そしてかわいい。孤児らしくてね、家族がいないんです。だから、家族から苦情が出たりもしない。私は彼女に向かって、どうどうめぐりの自分の心境を吐き出し、何度も泣きました。もう、完全に自分をさらけ出した。そんな私の背中を、彼女はさすってくれたんですよ！　一条さん」高橋プロデューサーの声が裏返った。一条はコーヒーを飲んだ。

「あの時、病人だったのは私です。私と彼女の場において、彼女は私を治療してくれた治療者でした。社会的な呼び名としては、彼女は精神病患者でしたがね、彼女のもとに通っていた、私を含むたくさんの病人たちのために、あの場にいてくれたのではないか、いや、そういう男たちが彼女を病気にしてしまったのではないか。残酷《ざんこく》な話です。しかし彼女に話を聞いてもらうことが私の出口になったのは間違いないんです。あそこで彼女に出会わなければ、私は出版社のビルの踊り場の柵を越えて、外に飛び降りていたでしょう。彼女に出会って私は少しずつ自分を整理し始め、出版社を辞め、海外放浪《ほうろう》をしたり、いくつかの仕事についたりしながら、なんとか生きはじめました」

「そしてテレビ局のプロデューサーになった」

「私は嘱託《しょくたく》です。局の正社員じゃありません。クビになるのも恐くありません。自分の良心に従って仕事をします。もう、どんな職業においても、これしかないんじゃないでしょうかね。自分の良心において何ができるか。検閲《けんえつ》機関は己《おのれ》の良心のみ。あの時、大迷惑野郎だった私を拒まなかった彼女への恩返《おんがえ》しのために、私はいま、テレビというメディアを使って、良心を発信したいんです」

地熱《ちねつ》発電と電気自動車の可能性のヴィジョンを語ろうと一条は考えていた。

いま、日本国民が思考総動員《そうどういん》で考えなければならないお題はエネルギー問題だろう。誰かか考えてくれるだろうなどと、ノホホンとしていられる者は一人もいない。

原子力発電に未来はない。原発から大量に排出される核廃棄物《はいきぶつ》を埋める場所など日本のどこにもない。しかし石油や天然ガスなど、輸入に依存する化石《かせき》燃料による火力発電には不安がつきまとう。そしてこの「化石燃料を消費し続けることへの不安」は、自動車の動力にも通じる問題なのだ。

原子力でも火力でもない発電方法、日本国内で自給できる発電方法を急速に推《お》し進め、それを電気自動車の電源として使う。電気自動車の機械的な技術は、確実に進歩しているのだ。特に電池の技術はめざましい。電源さえ確保できれば、電気自動車のユーザーは飛躍《ひやく》的に増えるだろう。

日本国内に地熱発電が可能なスポットがたくさんあることは、温泉が各地に湧《わ》き出ていることで、感覚的に理解しやすいだろう。温泉施設関係者の反対があるなどという説はうそだ。温泉施設と地熱発電所は両立できる。現に、東京都に属する離島《りとう》である八丈島《はちじょうじま》では、地熱発電所と温泉施設が共存して稼動《かどう》している。

地熱発電による車の充電スタンドは、設置場所を選ぶだろう。しかし、その制限に寄り添って、電気自動車の充電をするというルールを楽しんで移動すればいい。

人間は、どこでも自由に動けるようで、実はいろいろな状況、ルールの中で移動している。自分がどこを通ってどこに行くか、「地熱」という地球のエネルギーに導かれて決まるというのは、美しい現象ではないか。

ひとりひとりがヴィジョンを持とう。大地の力と結びついた自分の存在を、常に意識することだ。そうすれば世界はまだまだ「続く」。

そんな概要《がいよう》を話すと、高橋プロデューサーは満足そうに頷いた。

「いいですね。いい八分間にしましょう」

それを聞いて一条はひらめいた。

「高橋さん、声が仲《なか》井《い》戸《ど》麗《れい》市《ち》[46]に似てますね」

「ありがとうございます。私の数少ない自慢のたねです」高橋はそう言って、顔にかかった前髪をかき上げた。

「チャボ[47]の『セルフポートレート』[48]は名曲ですよ」

打ち合わせを終え、局の廊下を歩いていた一条と高橋プロデューサーの前方から、女性が二人、話しながら歩いてきた。

廊下のどこかの窓が開《あ》いているのか。一条は風を感じた。その風が白っぽくみえる。

白っぽい風の中を歩いて二人が近づいてきた時、右側にいる痩せた女を見て、一条の中に、
津軽海峡のイルカ
という語が通過した。

左側の女性が一条の右横にいる高橋に声をかけた。

「打ち合わせですか。私もです。話題の本コーナー出演の作家さんで」

そう紹介されて、軽く頭を下げた右の女の右手薬指の指輪を見て、一条は一瞬でよみがえった記憶に押し流されそうになった。

「桔梗」

「娑婆《しゃば》以来㊾」

マリモは小さく笑って、一条の顔を見た。

# 脚注

（1）Vision（英語）物質的実態の無い光景。
（2）水商売での呼び名。
（3）一九八七年当時、東京都港区芝公園にあった高級中華料理店「留園《りゅうえん》」のテレビCMソングの一節。「リンリン・ランラン」という香港出身の双子姉妹デュオが出演していた。
（4）monde
（5）組み上げた活字版を校正用に試刷したもの。「ゲラ刷り」の略。
（6）一九七四年公開の映画「バージンブルース」で、秋吉久美子が演じたヒロインの役名。
（7）「ヘルメットかぶって、ゲバ棒持って」大学改革の為に学内で戦っていた大学生が目立った一条たちの世代に、外側からつけられた呼称。「ゲバ棒」は「ゲバルト（独語で暴力の意）棒」の略。もちろん、全ての大学生がそうだったわけではない。
（8）グレープフルーツ果汁にウオッカを入れ、グラスの飲み口に塩をあしらったカクテル。
（9）この当時は「塩専売法」という法律により、加計呂麻島で伝統的な製法により作られている自然塩の販売は制限されていた。「塩専売法」の廃止は一九九七年。
（10）ディーゼルエンジンメーカ「ヤンマー」提供のテレビ長寿番組「ヤン坊マー坊天気予報」のテーマソング。
（11）実際は、相棒であるカメラマンが乗っていると言うのが正しい。
（12）第一回遣隋使は西暦六〇〇年説と六〇七年説がある。

(13) 現在のロシアは一九八七年時点では「ソビエト社会主義共和国連邦」略称「ソ連」であった。

(14) この経緯に関しては「東大紛争の記録」（東京大学新聞研究所　東大紛争文書研究会編　日本評論社）と「東大変革への闘い」（東京大学全学大学院生協議会　東大闘争記録刊行委員会編　労働旬報社）が詳しい。

(15) 現在は「テスタロッサ」とカナ表記されるようになった「フェラーリ」のスポーツカー。一九八七年当時は「テッサロッサ」と呼ばれていた。

(16) 速度無制限の高速道路。

(17) 「花の金曜日」の略。

(18) 会社の接待費を使って飲み歩いていた人たち。

(19) 製品に不具合があった時、製造者が購買者に対して回収や部品交換の呼びかけをすること。

(20) 昔話「安寿《あんじゅ》と厨子王《ずしおう》」の中で、子と生き別れになった母が盲目になって歌う「安寿恋しや、ほうやれほ」という有名な歌をふまえて言っている。

(21) 本州と北海道の間にある海峡。長さ約一一〇キロメートル。

(22) 本州の青森県《あおもりけん》東津軽郡《ひがしつがるぐん》と北海道上磯郡《かみいそぐん》を結ぶ青函トンネル内を走る津軽海峡線は、一九八八年三月に営業開始した。

(23) 大畑末吉訳。

(24) 東京都杉並区内にある地名。

(25) 東京都中央区銀座五丁目にあるビル。

(26) アメリカに本社があり、世界各国でチェーン展開しているドーナツ屋。一九八七年当時は新宿にも店があった。現在は日本から完全撤退している。
(27) FEEL SO BAD　一九八四年発売。
(28) 温室やビニールハウス等を使わず、露出した地面で育てた苺。
(29) 殺虫剤や防虫剤などを一切使わず、植物についた虫を「手でとる」ことを俗にこう呼ぶ。除草剤を使わずに、雑草を手でとる場合に使うこともある。
(30) 他人に預けて養ってもらう子。
(31) 東京都新宿区にある地名。
(32) 二〇一四年現在「日本学生支援機構」という名称で存在する独立行政法人の前身。
(33) 現在の「独立行政法人　国際協力機構」。二〇〇三年十月以前は「国際協力事業団」という名称だった。
(34) 奨学金の返還が困難な事情が生じた際、返還を一定期間停止し、先送りすること。
(35) 代金や借金を返さないままにしてしまうこと。
(36) 「桔梗と帰郷」は同音異義語、「呼ばれて飛び出てジャジャジャジャーン」は一九六九年に放映されていたテレビアニメ「ハクション大魔王」のきめゼリフ。
(37) 牛乳と卵を混ぜた液に浸して焼いたパン。乾いて硬くなったパンを使うことが多い。
(38) 神戸市中央区にある地名。
(39) 元町にある台湾料理店。
(40) 元町にある神戸の中華街。
(41) 第三大臼歯《きゅうし》すなわち知歯《ちし》の俗称。

(42) 東京都文京区本郷にある。
(43) 阪神淡路大震災は一九九五年一月十七日午前五時四十六分発生。揺れと同時に多くの火災が起り、消火が追いつかず、各所が火の海となった。神戸市長田区の家屋全半焼棟数は四、七七二件、全半壊棟数は二三、八〇三件（長田区発表データ）。
(44) 岩波少年文庫一〇〇四　万沢まき訳。
(45) 岩波少年文庫「星のひとみ」八五ページ。
(46) 元ＲＣサクセションのメンバーでギタリスト。
(47) 仲井戸麗市の愛称。
(48) 脚注27で既述のアルバム、FEEL SO BAD に収められている曲。
(49) 久しく別れていた人に会った時に言うことば。江戸時代、遊郭《ゆうかく》内で知人に会った際の隠語《いんご》としても用いられた。

# あとがき

二〇一三年四月に「ミンナ」を出版したあと、短編集を出すつもりで書きためていましたが、五月に「桔梗」が「出して」と言ってきたので、その声に素直に従い、こちらを先に本に仕上げて、出すことにしました。

素直なだけがとりえの片山かなみです。

小説を書くことは、機織《はたおり》に似ています。とっきんかたり、きんかたり。毎日織り続ければ、必ず出来上がる。

片山かなみは、織り手であり、織り糸の一部です。

すてきな帯文を下さった上野千鶴子氏、執筆中に優しい励ましのお声を頂戴した秋吉久美子氏、かわいい桔梗像を描いて下さったあわい氏、迅速で丁寧な本作りにご尽力頂いた牧野出版の皆さまに御礼申し上げます。

そして一九七二年、富山市立奥田小学校に通う七歳の女の子だった私に、「あなたの文には力がある。書きなさい」と言って文章指導をして下さった長沢すみ先生、先生のお言葉に素直に従って、私は書き続けています。

先生から頂いた、オランダの風車もようの「トンボ二十四色いろえんぴつセット」いまも使っています。

いろえんぴつは小さくなり、佳奈美は大きくなりました。

片山かなみ　拝

二〇一四年　早春

片山かなみ（かたやま・かなみ）
1964年7月京都府京都市上京区生まれ
2000年9月慶應義塾大学文学部通信教育課程卒業
2014年3月現在 神奈川県横浜市戸塚区在住
著書に『ミンナ』

カバー・本文イラスト　あわい

---

# 桔《き》梗《きょう》

2014年 4月 14日　初刷発行

著　者　片山かなみ
発行人　佐久間憲一
発行所　株式会社牧野出版
〒135-0053
東京都江東区辰巳1-4-11　ST辰巳ビル別館5F
電話 03-6457-0801
ファックス（ご注文）03-3522-0802
http://www.makinopb.com

---

印刷・製本　シナノ書籍印刷株式会社
内容に関するお問い合わせ、ご感想は下記のアドレスにお送り下さい。
dokusha@makinopb.com
乱丁・落丁本は、ご面倒ですが小社宛にお送り下さい。
送料小社負担でお取り替えいたします。

ISBN:978-4-89500-172-4